書下ろし

悲《ひ》笛《ぶえ》の剣

介錯人・父子斬日譚

鳥羽 亮

目次

第一章　介錯

1

「斬れ！」

狩谷桑兵衛《かりやそうべえ》が声をかけた。

すると、唐十郎《とうじゅうろう》が刀を八相《はっそう》に振りかぶりざま、立てた巻き藁《わら》にスルスルと身を寄せ、鋭い気合とともに袈裟《けさ》に斬り下ろした。

バサッ、と音がし、巻き藁が斜《はす》に裂けて落ちた。斬られた場所は、大人が立った首の辺りの高さである。巻き藁の切り口がすこし乱れ、藁屑《わらくず》がわずかに落ちていた。

「唐十郎、藁屑が落ちた。それでは、人を斬るとき、刃筋が乱れる」

「はい！」

唐十郎は唇《くちびる》を嚙《か》み、ふたたび別の場所に立っていた巻き藁を前にした。唐十郎は十六歳、桑兵衛の嫡男《ちゃくなん》だった。元服《げんぷく》を過ぎて二年ほど経《た》っている。

唐十郎は、目鼻立ちのととのった端整な顔をしていた。その顔が朱に染まり、額《ひたい》に汗が浮いている。

ふたりがいるのは、神田松永町《かんだまつながちょう》にある小宮山《こみやま》流の狩谷道場のなかだった。小宮山流は、他の剣術の流派とちがって居合術である。

桑兵衛は、小宮山流居合を指南する道場主であった。ここに道場をひらいたのは先代の重右衛門《じゆうえもん》で、桑兵衛も後に二代目重右衛門を名乗ることになる。

桑兵衛は、三十代半ばだった。がっちりした体軀《たいく》で、胸が厚く、どっしりとした腰をしていた。居合の稽古《けいこ》で鍛《きた》えた体である。

道場内には、桑兵衛と唐十郎の他に、師範代の本間弥次郎《ほんまやじろう》がいた。弥次郎は、まだ二十代半ばだが、小宮山流居合の遣《つか》い手である。弥次郎は十二歳の若さで入門し、稽古に出精した。そのため、腕は門弟のなかで群を抜いていた。

小宮山流居合は富多《とだ》流居合の分派で、寛永《かんえい》のころ甲斐《かい》の国の郷士《ごうし》、小宮山玄仙《げんせん》なる者が廻国《かいこく》修行のおりに富多流を修行し、新たに小宮山流居合を興《おこ》したといわれているが、はっきりしない。

「巻き藁を敵と思って斬れ」

桑兵衛が語気を強くして言った。

唐十郎は巻き藁を見据《みす》えたまま摺《す》り足で近付き、タアッ！　という鋭い気合とともに、八相から袈裟に斬り下ろした。

巻き藁を切断する音がし、大人の首の辺りの高さの場所が斜に裂けて落ちた。切り口の乱れもなく、藁屑も落ちなかった。

「いまの斬り込みなら、首が落ちた」

桑兵衛が言った。唐十郎はわずかに安堵《あんど》の表情を見せた。

「次は、介錯《かいしやく》のおりの首を斬る稽古をする」

桑兵衛が、脇に座して見ている弥次郎に、「弥次郎もやるか」と声をかけた。

「はい!」

弥次郎は立ち上がった。

桑兵衛は、切腹のおりの介錯を依頼され、介錯人として切腹する者の首を斬ることがあった。桑兵衛は小宮山流居合の道場主ではあったが、門弟はわずかで、新たな入門者も見込めず、束脩《そくしゆう》(入門時の礼金)では暮らしていけない。そのため、切腹のおりの介錯を引き受け、相応の礼金を得ていたのだ。また、桑兵衛の胸の内には、防具を身につけ、竹刀《しない》を遣って打ち合う稽古など、真剣勝負のおりには、何の役にもたたないとの思いがあった。むしろ、己の刀で、実際にひとを斬る介錯の方が、剣の修行になるとみていた。

また、桑兵衛は、市井《しせい》の試刀家でもあった。大名の江戸屋敷や旗本などから依頼され、刀の利鈍《りどん》のほどを試すのだ。そのおり、巻き藁や竹を斬ることもあったが、多くは実際に死体を据え物斬りにした。身寄りのない行き倒れや自殺者、処刑された者の死体などを手に入れて使った。

若い唐十郎は、当初死体を斬ることに抵抗があったようだが、今は気にならないようである。

据え物斬りにする死体は、刀の試し斬りを依頼する方で用意した。引き取り手のない行き倒れや下僕の事故死。それに、身分の低い家臣が何かの罪で断罪に処されたときなど、その死体を使うこともあった。

ただ、介錯や刀の切れ味を試す依頼など滅多《めった》になく、そのため、実際に巻き藁や竹を斬ったりして稽古することはあまりなかった。

「介錯の稽古は、腹を切る者の脇に座していると思い、刀を斬り下ろすことが大事だ。床に切っ先が付く前に手の内を絞って、刀をとめるのだぞ」

桑兵衛がふたりに言った。

唐十郎と弥次郎は巻き藁を運んできて、斜に立てた。立てたといっても、木製の台に立て掛けただけである。

介錯人として切腹者の首を斬る稽古のおりは、古畳を使うと効果的だった。畳を立てて、ひとと見なして実際に斬るのだ。ただ、稽古のおりに、古畳を何度も使うことはできない。古畳は一度斬れば二度と使えないし、何度も使えば道場はごみの山になる。それに、畳屋から古畳を手に入れるのも容易《ようい》ではない。そのため、稽古のおりは巻き藁の先の方を端座《たんざ》した者の首とみなして、斬り落とすのである。

「それがしから」

弥次郎は、斜に立てた巻き藁を前にして立つと、手にした刀を八相に構えた。柄《つか》を握《にぎ》った両拳《こぶし》を高くとった八相である。

弥次郎は気を鎮《しず》めるために、八相に構えてからいっとき間をとり、呼吸を整えていたが、

タアッ！

と鋭い気合を発して、刀を一閃《いっせん》させた。

バサッ、と音がし、巻き藁の先が一尺（約三〇センチ）ほど斬り落とされた。巻き藁は、ばらばらにならず、丸く束ねられたままである。ただ、わずかに藁屑が道場の床に落ちている。弥次郎は、抜き身を手にしたまま桑兵衛に体を向けて一礼した。

「見事だ。それなら、散らさずに首が落ちたな」

桑兵衛が、弥次郎に声をかけた。

散らす、とは、血を散らす、という意味だった。斬首のおり、一撃で首が落ちず、

斬首された者が苦痛に激しく体を動かすことがある。そうなると、首の傷口から飛び散った血が、辺りを汚してしまう。

そのときは、そばにいる介添人たちが、斬首される者の体を押さえつけ、刀で首を押し斬りするのだ。

弥次郎は、桑兵衛に一礼して身を引いた。つづいて巻き藁の前に立ったのは、唐十郎である。額に玉の汗を浮かべている。

「まいります」

唐十郎も、刀を八相に構えた。弥次郎と同じように刀身を垂直に立てた高い構えである。唐十郎は体の動きをとめて呼吸を整えると、無言のまま巻き藁を見つめていた。斬首する者の首を脳裏《のうり》に描いていたのである。

唐十郎の全身に斬首の気がはしった刹那《せつな》、刀身が八相から斬り下ろされた。

バサッ、と音がし、巻き藁の先が斬り下ろされた。弥次郎のときより音が大きく、藁屑もすこし落ちた。

「唐十郎、藁屑を散らすようでは、首を斬るおりに血を散らすことになるぞ」

と、桑兵衛が声をかけた。

だが、桑兵衛の顔は、穏《おだ》やかだった。口許《くちもと》には、かすかに笑みも浮いている。唐十郎の上達を目にしたからだ。唐十郎が斬首のための稽古を始めて、まだ一年ほどしか経っていなかった。それに、こうした稽古は、滅多にやらなかったのだ。

……唐十郎は、すぐに介錯人になれる。

と、桑兵衛はみた。

「父上、もう一度、やってみます」

唐十郎が、急いで別の巻き藁を持ってきた。

そして、唐十郎が刀を手にして、巻き藁の前に立ったとき、道場の表戸のあく音がし、「どなたか、おられるか」と、男の声がした。

「それがしが、見てきます」

すぐに、弥次郎が立ち上がった。

2

弥次郎が道場内に案内《あない》したのは、ふたりの武士だった。ふたりとも、羽織袴《はおりはかま》姿で小刀を腰に差し、大刀を手にしていた。大刀は、道場の戸口で鞘《さや》ごと抜いて手にしたのだろう。

桑兵衛は巻き藁の置いてある場から離れ、ふたりの武士を師範座所の前に連れてい き、

「それがし、道場主の狩谷桑兵衛でござる」

と、名乗った。

唐十郎と弥次郎は、桑兵衛の脇に控えている。

「それがしは、旗本、大原久右衛門《おおはらひさえもん》さまにお仕《つか》えする用人の小峰忠之助《こみねただのすけ》でござる」

初老の武士が名乗ると、背後に控えていた若い武士が、

「若党の栗山佐之助《くりやまさのすけ》にございます」

と、名乗った。肩幅のひろい腰の据わった男である。

唐十郎は、栗山の身辺に隙《すき》がないのを見てとり、

……なかなかの遣い手だ。

と、察知した。

「このような場所ですが、ひとまずお座りください」

桑兵衛がそう言って、ふたりの武士に腰を下ろさせた。そして、桑兵衛はふたりと対座した。唐十郎と弥次郎も、桑兵衛の背後に座った。

道場の裏手に、母屋《おもや》があった。母屋に行って話せば、とせという下働きの女が茶を

淹《い》れてくれるはずだが、ふたりの武士の用件を聞くのが先である。

「殿は、御徒目付組頭《おかちめつけくみがしら》をなされております」

小峰によると、大原家の家禄《かろく》は二百五十石で、屋敷は神田駿河台《するがだい》にあるという。御徒目付組頭は御目付の補佐役で、目付筋の者たちの間では俗に御頭《おかしら》と呼ばれている。御目付は旗本に目を配り、監察糾弾《きゅうだん》する役である。また、直属の配下には御徒目付組頭がおり、御目見《おめみえ》以下の御家人を監察糾弾する役の御徒目付や御小人目付も支配していた。そのため、御目付は幕府に仕える旗本、御家人の全体に目をひからせているといっても過言ではない。

「それで、御用の筋は」

桑兵衛が、声をあらためて訊《き》いた。

小峰は、「このようなことを口にするのも、憚《はばか》られるのでござるが」と小声で言った後、「当家の若党、横山恭之助《よこやまきょうのすけ》なる者の切腹の介錯を頼みたいのだ」と言い添えた。

「横山どのは、何か不始末でも」

桑兵衛が小声で訊いた。

若党は、旗本に仕える者としては身分が低かった。何か不始末をしでかしたとしても、奉公をやめさせ、屋敷から追い出せば、始末はつくだろう。切腹をさせるということは、大原家の存続にかかわるような重大な出来事にかかわったためではあるまいか。

「それが、横山は他言できないような途方もない不始末をしでかしたもので……」

小峰は言いにくそうな顔をして語尾を濁《にご》した。そして、いっとき戸惑《とまど》うような顔をして、虚空《こくう》に目をやっていたが、

「御目付さまは御存じですので、介錯をお頼みする狩谷どのにも、お話ししておきましょう」

そう言った後、「こともあろうに、横山は何人かの仲間とともに商家に押し入って、大金を奪ったのです」と、苦渋《くじゅう》に顔をしかめて言い添えた。

「盗賊のひとり……」

さすがに、桑兵衛も驚いた。若党というと軽格の武士だが、旗本に仕える身である。それが、押込みを働いたのだという。

「当家では表沙汰《おもてざた》にならぬよう、内々で横山に腹を斬らせたいのですが、恥ずかしながら、当家には切腹の介錯をできる者がおりませぬ。それで、狩谷どのにお願いに来た次第でござる」

小峰はそう言った後、溜め息をついた。

桑兵衛はいっとき間を置いてから、

「お引き受けいたそう」

そう言って、唐十郎と弥次郎に目をやった。桑兵衛は、切腹の介錯をするおり、唐十郎と弥次郎に介添役をやらせたのだ。

唐十郎と弥次郎は、無言でうなずいた。

「引き受けて、くださるか！」

小峰は、ほっとしたような顔をした。

「それで、横山どのが腹を切るのは、いつ」

桑兵衛が訊いた。

「明後日《あさって》は、いかがでござる」

「結構でござる」

「明後日の朝、ここにいる栗山が、お迎えに上がりますので、屋敷までいっしょにおいでいただければ、ありがたいのですが」

「承知した」

桑兵衛は、このところ介錯や試刀の依頼などがなかったので、懐《ふところ》が寂しかった。

大原家で相応の報酬《ほうしゅう》を得れば、しばらく懐の心配をせずに過ごせるだろう。

桑兵衛たち三人で、小峰と栗山を道場から送り出した後、

「切腹をする横山恭之助は、本石町《ほんこくちょう》にある両替屋に押し入った盗賊のひとりかもしれません」

と、弥次郎が声をひそめて言った。

「弥次郎、盗賊のことを知っているのか」

桑兵衛が、道場内に立ったまま訊いた。

「門弟が話していたのを耳にしただけです」

弥次郎によると、両替屋に押し入った盗賊は五人で、いずれも武士らしいという。

「武士たちの賊か」

桑兵衛は驚いたような顔をした。

すると、桑兵衛と弥次郎のやり取りを聞いていた唐十郎が、

「父上、横山が賊のひとりとすると、まだ四人の仲間が残っていることになります」

と、口を挟んだ。

「そうなるな」

「四人は、またどこかの店を襲うかもしれません。横山から仲間のことを聞き出して捕らえねばなりませんが」

唐十郎が勢い込んで言った。

「おれたちは、依頼された介錯の仕事を果たせばいいのだ。盗賊のことは、町方がやる。それにな、依頼した大原家は、御徒目付組頭の役柄らしい。横山が盗賊のひとりと知れたときから、仲間の四人の武士が幕臣かどうか、調べているはずだ」

桑兵衛が、唐十郎に目をやって言った。

3

切腹の介錯を依頼された二日後、桑兵衛、唐十郎、弥次郎の三人は、迎えにきた栗山の案内で駿河台にある大原家にむかった。

四人が大原家の屋敷に着くと、表門の脇で待っていた小峰が近付き、

「お待ちしてました」

と言って、桑兵衛たち三人を門の脇のくぐりからなかに入れた。

小峰が桑兵衛たちを連れていったのは、屋敷内にある庭に面した座敷だった。

「ここで、仕度《したく》をしてくだされ。切腹の場は、庭でござる」

そう言って、小峰は障子《しょうじ》をあけた。

庭には、松、紅葉《もみじ》、梅などの庭木が植えられ、朝日を浴びた新緑が眩《まばゆ》いほどにかがやいていた。屋敷の屋根にいるのか、チュン、チュンと雀《すずめ》の鳴き声が聞こえた。

庭のなかほどに白砂が撒《ま》かれ、何人もの家臣や中間《ちゅうげん》などの姿が見えた。切腹場の準備をしているらしい。

庭の三方に白木綿《しろもめん》の幕を張る者、縁《ふち》なしの畳や水桶を運ぶ者などが、忙しそうに動いている。

「穏やかな日で、よかったな」

桑兵衛が、庭に目をやりながら言った。

「はい、庭でできるので、ほっとしております」

弥次郎の表情も、やわらいでいる。

「屋敷内だと、面倒だからな」

桑兵衛も、屋敷内で切腹の介錯はやりたくなかった。座敷にしろ土間にしろ屋敷内は狭く、作法どおりに腹を切らせるのがむずかしいので、介錯人としては庭でやりたかったのだ。

桑兵衛たちは、座敷で介錯のための仕度を始めた。仕度といっても、簡単である。襷《たすき》で小袖の両袖を絞り、袴の股《もも》だちをとるだけである。

身支度を終えると、桑兵衛は、念のため介錯に遣う愛刀の備前祐広《びぜんすけひろ》を抜いて刃こぼれがないか確かめた。

祐広は二尺一寸七分。多くの屠腹者《とふくしゃ》の血を吸ってきた刀だが、刀身に刃こぼれはなく、清澄《せいちょう》なひかりを放っていた。祐広は切れ味の鋭い名刀である。

桑兵衛は介錯のおり、備前祐広を遣うことが多かった。ふだん、差して歩くことはなく、介錯のための刀といってもいい。

桑兵衛、唐十郎、弥次郎の三人が身支度を終えたところに、小峰が姿を見せ、

「切腹のための仕度を終えましたので、庭にお越しいただきたい」

と、桑兵衛に声をかけた。

「承知した」

桑兵衛は羽織を肩にかけ、備前祐広を腰に帯びた。

介添人の弥次郎は、念のために小刀だけ差した。唐十郎も小刀だけである。唐十郎は、介添人の弥次郎の脇に控えるだけで、これといった役割はない。切腹する者が狂乱して暴れたり、逃げ出したりしたら、体を押さえたり、捕らえたりすることぐらい

である。

桑兵衛の胸の内には、いずれ小宮山流居合を唐十郎に継がせたいとの思いがあった。それで切腹の場に連れてきたのだ。唐十郎が小宮山流居合を引き継げば、道場だけでなく、介錯人の仕事もつづけることになるだろう。

小峰は、桑兵衛たちを庭に張られた白幕のなかに案内した。すでに、切腹のための仕度はできていた。

白幕内の地面に砂が撒かれ、縁なしの畳二畳が敷いてあった。その畳の上で、腹を切るのである。畳の背後には、四枚折りの屏風《びょうぶ》が立ててあった。切腹者は、屏風を背にして座るのだ。

その切腹の場の正面。すこし離れた場所に置かれた床几《しょうぎ》に、ふたりの武士が腰を下ろしていた。ひとりは恰幅《かっぷく》のいい、四十がらみと思われる武士で、羽織袴姿だった。その武士の脇にいるのは、若侍である。唐十郎と同じ年頃であろうか。元服を終えたばかりらしい。恰幅のいい武士は、当主の大原久右衛門であろう。若侍は、大原の嫡男にちがいない。

小峰は、桑兵衛たちを切腹の場の脇まで案内すると、

「殿に、お会いくだされ」

と言って、桑兵衛たち三人を連れて、正面に座している大原の前に近付いた。

桑兵衛たちは、大原の前に足をとめて一礼した後、

「それがし、狩谷桑兵衛にございます。切腹の介錯をつとめさせていただきます」

と、先に桑兵衛が名乗った。

「介添役の本間弥次郎にございます」

弥次郎が名乗り、

「狩谷唐十郎にございます」

つづいて、唐十郎が名だけ口にした。

大原は、唐十郎があまりに若いので驚いたような顔をしたが、そのことは口にせず、

「わしが、大原久右衛門だ。遠路、御苦労だったな。……よろしく頼む」

と、桑兵衛たち三人に目をやって言った。

大原の脇に腰を下ろしていた若侍は、

「大原松之助《まつのすけ》です」

と、昂《たかぶ》った声で、名を口にしただけだった。

桑兵衛たち三人は、あらためて大原に頭を下げてから、切腹の場にもどった。小峰

はその場に残り、大原の脇に置かれていた床几に腰を下ろした。大原家に仕える用人として、当主の脇に控えて切腹の様子を見るつもりなのだろう。

いっときすると、白幕の向こうで何人もの足音が聞こえ、幕の間から数人の武士が姿を見せた。

ふたりの武士が、白装束《しろしようぞく》の武士の両腕を取り、引き立てるように連れてきた。その三人の武士の背後に、ふたりの武士がついていた。ひとりが、九寸ほどの切腹用の脇差《わきざし》を載せた白木の三方を手にしている。

白装束の武士が、横山恭之助であろう。四人の武士は、大原家に仕える家士《かし》にちがいない。

桑兵衛は横山の姿を見て、

……散らすかもしれぬ。

と、胸の内でつぶやいた。

横山の身は顫《ふる》え、怯《おび》えていた。腹を切る覚悟ができておらず、逃げようとしたり、恐怖で体が激しく顫《ふる》えたりすると、介錯人もうまく首を落とせず、周囲に血を飛び散らせてしまいかねない。

横山は四人の武士に引きずられるようにして、切腹の場に連れてこられた。そして、強引に屏風の前に座らされた。

横山の膝先《ひざさき》に、白鞘の脇差の載せられた三方が置かれた。それを見た横山の顫えが、さらに激しくなった。

4

「横山、潔《いさぎよ》く腹を切れ」

年嵩《としかさ》の武士が、語気を強くして言った。

横山は何も応《こた》えず、蒼《あお》ざめた顔で身を顫わせている。それでも、畳の上に座したまま逃げようとはしなかった。

年嵩の武士は、桑兵衛たち三人に目をやり、

「この者が、横山恭之助にございます。この場にきて、腹を切る覚悟が揺らいでいるようですが、逃げるようなことはないはずです。……介錯、お願いいたします」

そう言って、桑兵衛に一礼した後、他の三人とともにその場を離れた。

ひとりになった横山は、切腹の場に座したまま体を顫わせていた。目が虚《うつ》ろである。

……こやつ、剣術の稽古を積んだようだ。

と、桑兵衛は胸の内でつぶやいた。

横山の額の脇に、面擦《めんず》れの痕《あと》があった。ただ、防具を身につけ、竹刀を遣っての稽古らしい。

桑兵衛は無言のまま腰に帯びた祐広を抜いた。そして、水桶の脇に控えていた弥次郎の前に刀身をむけた。

弥次郎は柄杓《ひしやく》で手桶の水を汲《く》み、刀身に水をかけた。水は刀身をつたい、切っ先から細い筋になって流れ落ちた。

桑兵衛は刀身を一振りして水を切ると、

「横山どのが暴れるようなことになったら、体を押さえてくれ」

それとなく弥次郎に身を寄せて耳打ちした。唐十郎は黙したまま、切腹の場に座している横山を見つめている。

「心得ました」

弥次郎が小声で言った。

桑兵衛は、抜き身を手にしたまま横山の脇に立つと、

「それがし、狩谷桑兵衛にござる。これなるは、備前祐広にございます」

そう言って、刀身を横山に見せた。桑兵衛は介錯のおり、切腹する者に刀を鍛えた者の名を教えることにしていた。武士ならば、自分が名刀で斬られることを知れば、多少の慰《なぐさ》めになるだろう。

だが、横山の表情は変わらなかった。体の顫えも、おさまらない。

「横山どの、腹を召されい」

桑兵衛が穏やかな声で言った。

すると、横山は震える手で、無紋の肩衣をはね、両襟をひろげて腹を露《あら》わにした。そして、膝先にあった三方に載せられていた脇差を手にした。だが、両手が震えてなかなか脇差が抜けない。

「横山どの、武士らしい最期を……」

桑兵衛が、静かに告げた。

ようやく、横山の体の顫えがいくぶん収まった。横山は脇差を抜いた。そして、切っ先を左の脇腹に近付けた。

その切っ先が、横山の脇腹に触れたとき、桑兵衛の手にした祐広が、一閃《いっせん》した。次の瞬間、首の骨を切断するかすかな音がし、横山の頭が前に落ちた。同時に、切断された首から、血が赤い帯のように疾《はし》った。

血は心ノ臓の鼓動に合わせて三度飛び散り、後は切断された首から赤い糸のように流れ落ちるだけになった。

横山の頭は、己の膝先に転がっていた。畳は、赤い布をひろげたように真っ赤に染まっている。

切腹の場の近くにいる家臣たちは咳《せき》ひとつせず、水を打ったような静寂《せいじやく》につつまれていた。屋敷の屋根にいる雀の鳴き声だけが、妙に大きく聞こえてくる。

桑兵衛は、無言のまま刀身を弥次郎の前に差し出した。すぐに、弥次郎は柄杓で手桶の水を汲み、刀身にかけた。刀身についた血を洗ったのである。

桑兵衛は刀身を一振りして、水を切ってから鞘に納めた。そのときになって、正面にいた大原たちや切腹場の近くにいた家士たちの間から、驚嘆《きようたん》の声が聞こえてきた。

桑兵衛、弥次郎、唐十郎の三人は、大原たち三人の前に進み出た。すると、家士たちや背後に控えていた中間たちが我に返ったように話し始め、その場から切腹の場に集《つど》ってきた。これから、横山の死体を片付けるのである。

桑兵衛は大原の前に立つと、

「横山どのは、みごと腹を召されました」

そう伝えた。切腹者の名誉のためである。

「みごとな介錯であったぞ」

大原が桑兵衛に声をかけた。その顔には、満足そうな表情があった。脇に腰を下ろしていた松之助と小峰は、驚嘆したような目で桑兵衛を見つめている。

「三人とも、屋敷内で一休みするがよい」

大原はそう言った後、脇にいた小峰に、「狩谷どののたちを、座敷に案内《あない》してくれ」と声をかけた。

桑兵衛たち三人は小峰の後につづき、切腹の場から出ると、当初案内された座敷にもどった。

「隣の座敷に、酒肴《しゅこう》の仕度をいたす。迎えにくるまで、お待ちくだされ」

小峰が言った。

こうしたことは、よくあることだった。切腹の介錯を無事終えると、酒肴でもてなしてくれるのだ。血の汚れを、酒で洗い流すという気持ちもあるのだろう。

「承知しました」

桑兵衛たちも、身支度を替える必要があった。介錯のときの格好で、酒肴の膳の前に座ることはできない。

桑兵衛たち三人は着替えまで用意していないので、襷を取り、袴を元にもどした。

桑兵衛たちは、横山の返り血を浴びておらず、血の汚れはどこにもなかった。

桑兵衛たちが身支度をととのえ、いっときしたとき、廊下を歩く足音がし、障子があいて小峰が姿を見せた。

「仕度ができたので、ご案内いたす」

小峰はそう言い、桑兵衛たち三人を連れて座敷を出た。

小峰が桑兵衛たちを連れていったのは、玄関に近い座敷だった。そこが、客間になっているらしい。

座敷には、酒肴の膳が用意してあり、正面に大原が座していた。

桑兵衛たちは、大原に一礼した後、用意されていた酒肴の膳を前にして座った。小峰も、大原の脇に腰を下ろした。

「狩谷どの、見事な介錯を見せてもらったぞ。あらためて、礼を言う」

大原が声をかけた。

「いえ、横山どのが見事に腹を召されたので、それがしは刀を振り下ろしただけでございます」

「いずれにしろ、狩谷どのたちの御陰《おかげ》で、横山の切腹も何事もなくすんだ」

大原はそう言った後、脇に座している小峰に目配せした。

すると、小峰は立ち上がって桑兵衛の脇に座し、袂《たもと》から袱紗《ふくさ》包みを取り出し、

「当家からの、心ばかりの御礼でございます」

と言って、桑兵衛の膝先に置いた。

袱紗包みには、切り餅《きもち》が包んであるらしかった。その包みの大きさから見て、四つ包んでありそうだ。

切り餅は、一分銀を百枚、紙で方形に包んだものだ。一分銀四枚で一両なので、切り餅ひとつ二十五両である。四つで、百両ということになる。

「かたじけのうございます」

桑兵衛は袱紗包みを手にし、深々と大原に頭を下げた。胸の内で、これでしばらく金の心配をせずに暮らせる、とつぶやいた。

5

大原家で切腹の介錯をした三日後、桑兵衛は稽古を終えると、唐十郎を道場内に残し、ふたりで居合の稽古をすることにした。この日、弥次郎の姿はなかった。弥次郎は、門弟たちといっしょに道場を出たのである。門弟といっても、十人ほどしかいな

かった。休みなく稽古に通ってくるのは、数人である。

この時代（天保《てんぽう》年間）、江戸市中には竹刀で打ち合い稽古を取り入れた剣術道場が数多くあった。なかでも、江戸の三大道場とうたわれた千葉《ちば》周作《しゅうさく》の北辰《ほくしん》一刀流、玄《げん》武館《ぶかん》。斎藤弥九郎《さいとうやくろう》の神道無念《しんとうむねん》流、練兵館《れんぺいかん》。桃井春蔵《もものいしゅんぞう》の鏡新明智《きょうしんめいち》流の士学館《しがくかん》などは、多くの門人を集め隆盛を誇っていた。

ところが、居合の道場には門弟が集まらなかった。竹刀で実戦さながらに打ち合う剣術の稽古は、勝負の面白さにくわえ、己の上達ぶりがはっきりと分かる。そうしたこともあって、江戸に住む多くの武士が、剣術道場に集った。一方、居合の稽古には、勝負の面白さもなければ、己の上達ぶりも自覚しづらい。そのため、居合の道場へ入門する者は極めてすくなかった。その上、狩谷道場では、道場主の桑兵衛が、切腹の介錯をしたり、ときには刀の切れ味をためすために、死体を斬ったりすることもあった。そうしないと、暮らしていけないし、桑兵衛には、実際にひとを斬るほど稽古になることはないとの思いがあったのだ。

ただ、入門者は、道場主がやっていることを知ると、やめる者が多かった。剣術とは、かけはなれたもののように見えたのだろう。

「今日は、中伝《ちゅうでん》の入身《いりみ》迅雷《じんらい》から稽古する」

桑兵衛が唐十郎に言った。

「はい!」

唐十郎は、すぐに刀を腰に帯びた。

小宮山流居合の中伝十勢《ちゆうでんじつせい》は、己の前後左右の敵、歩行中、背後、多数の敵に襲われたときなど、さまざまな状況を想定した技で、入身迅雷のほか、入身右旋《いりみうせん》、入身左旋《いりみさせん》、逆風《ぎやくふう》、水車《すいしや》、稲妻《いなずま》、虎足《こそく》、岩波《いわなみ》、袖返《そでがえし》、横雲《よこぐも》からなっていた。

ちなみに、中伝を身につける前に、小宮山流居合では、初伝八勢《しよでんはつせい》を学ばなければならない。

初伝八勢は、立居、正座、それから立膝からの抜き付けを基本とする技で、真《ま》っ向《こう》両断《りようだん》、右身抜打《うしんぬきうち》、左身抜打《さしんぬきうち》、追切《おいぎり》、霞切《かすみぎり》、月影《つきかげ》、水月《すいげつ》、浮雲《うきぐも》からなる。この初伝八勢を身につけてから中伝に進むのである。

中伝十勢を身につけると、奥伝三勢《おくでんさんせい》に進むことになる。山彦《やまびこ》、浪返《なみがえし》、霞剣《かすみけん》からなる奥伝は総合的な技で、小宮山流居合の奥義《おうぎ》といってもいい。そして、奥伝三勢を身につけた者に、小宮山流居合の免許があたえられる。

さらに、小宮山流居合には、密《ひそ》かに伝えられている「鬼哭《きこく》の剣」と呼ばれる必殺剣があった。この技は一子相伝《いつしそうでん》で、小宮山流居合を継承する者だけに伝えられている。

いま、鬼哭の剣を身につけているのは、道場主の桑兵衛だけである。

「唐十郎、刀を抜かずにその場にいろ」

桑兵衛は唐十郎の前に立った。

ふたりの間合は、三間（約五・四メートル）ほどもあった。居合では勝負にならない遠い間合である。居合は抜き付けの一刀に勝負をかける。抜刀《ばっとう》してしまうと、居合の技はほとんど遣えないのだ。そのため、抜刀の一太刀《ひとたち》で敵を斃《たお》さねばならないが、小宮山流居合には、抜いてからの技もあった。

「おれが、入身迅雷をやってみる」

桑兵衛が言った。

「はい！」

唐十郎は、腰に差した刀の柄に右手を添えて立った。

「いくぞ！」

桑兵衛は右手で刀の柄を握り、居合の抜刀体勢をとると、いきなり素早い動きで唐十郎に迫り、
イヤアッ！

と、切迫の気合を発して抜き付けた。

桑兵衛の刀身が、逆袈裟にはしった。その切っ先が、棒立ちになっている唐十郎の胸元をかすめて空《くう》を切った。桑兵衛は、唐十郎に切っ先が触れないように間をとって、斬り上げたのだ。

「これが、入身迅雷ですか！」

唐十郎が、目を剝《む》いて訊いた。

「そうだ。雷のように激しく、稲妻のように迅《はや》く、敵の正面から踏み込み、抜き付けの一刀で敵を斃す」

桑兵衛は刀を鞘に納めて、

「やってみろ」

と、唐十郎に声をかけた。

「はい！」

唐十郎は、桑兵衛から三間ほどの間合をとって立つと、右手で刀の柄を握って抜刀体勢を取り、素早い摺り足で桑兵衛に迫った。そして、切っ先のとどく間の一尺ほど手前まで来て、タアッ！　と鋭い気合を発して、逆袈裟に抜き付けた。

一瞬、桑兵衛は身を引いた。唐十郎の切っ先は、桑兵衛から一尺ほど離れた場所で空を切った。

「もうすこし迅く！　敵に身を引く間を与えれば、逆に敵に斬られるぞ」

入身迅雷は、正面からの一撃必殺の技だった。刀を持った敵にかわされると、敵の攻撃を正面から受けることになる。

ふたたび、唐十郎は桑兵衛との間合を三間ほど取り、居合の抜刀体勢をとったまま、素早い寄り身で桑兵衛に迫り、正面から抜き付けた。

桑兵衛は身を引いて、唐十郎の切っ先をかわすと、

「いまの寄り身は、迅かった」

そう言って褒めた後、「いま、一手！」と声をかけた。

唐十郎が桑兵衛を相手に入身迅雷の稽古をつづけ、顔から汗が流れ落ちるようになったころ、道場の戸口に近寄る足音がした。

「だれか、来たようだ」

そう言って、桑兵衛が道場の戸口に目をやった。

「狩谷の旦那、いやすか」

と、戸口で男の声がした。

「町人のようです」

唐十郎が言った。

「あの声は、弐平《にへい》だな」

桑兵衛は道場の戸口に足をむけた。

弐平は、貉《むじな》の弐平とよばれる岡っ引きだった。短軀で、顔が妙に大きい。その顔が貉に似ていることから、貉の弐平と呼ばれている。

弐平は、桑兵衛の道場のある松永町に住んでいた。どういうわけか、弐平は若いころ、剣術の遣い手になりたい、と思い、市中にある剣術道場をまわったが、町人のため相手にされなかった。仕方なく、弐平は桑兵衛の道場に来て入門を乞《こ》うた。

桑兵衛は、どうせ長続きしないと思ったが、やりたいなら、やってみろ、と言って、入門を許した。

桑兵衛の読みどおり、弐平は一年ほどすると、相手と打ち合うこともなく、刀を抜くだけの居合の稽古に飽きて、道場に来ても稽古をやらなくなった。

ところが、弐平はその後も道場に出入りしていた。桑兵衛が、弐平に仕事を頼んだからだ。

桑兵衛は、介錯や試刀のほかにも、討っ手や敵討《かたきう》ちの助太刀《すけだち》などを頼まれることがあった。そうしたとき、桑兵衛は岡っ引きの弐平に、依頼人や相手の素姓《すじょう》、事件のあらましなどを調べてもらったのだ。相手の言い分を鵜呑《うの》みにすると、逆恨《さかうら》みを買ったり、犯罪の片棒を担《かつ》がされたりすることがあるからだ。

弐平は金にうるさく、ただでは働かなかったが、事件に巻き込まれたときの探索や相手の素姓を調べたりするときには、頼りになった。

6

「どうした、弐平」

桑兵衛は、戸口で弐平と顔を合わせると、すぐに訊いた。唐十郎も桑兵衛の脇で、弐平に目をやっている。

「旦那、また盗賊が呉服屋に押し入りやしたぜ」

弐平が目をひからせて言った。

「おれは、町方ではないぞ」

桑兵衛は、盗賊が店に押し入ろうと、人殺しがあろうと、巷《ちまた》で起こる事件とかかわりはなかった。

「知ってやすぜ。旦那に、盗賊のひとりの首を落としたそうで」

弐平が、上目遣いに桑兵衛を見て言った。

「大原家のことか」

「そうでさァ」

「腹を切った横山は、盗賊のひとりと聞いたが、呉服屋に押し入った賊と何かかかわりがあるのか」

桑兵衛が訊いた。

「おおありでさァ。呉服屋に押し入った賊は四人でしてね。いずれも、二本差しのようですぜ」

弐平が、目をひからせて言った。岡っ引きらしい目である。

「なに、賊は四人の武士だと」

桑兵衛の声が、大きくなった。賊の四人は、切腹した横山の仲間とみたのである。唐十郎も横山の仲間とみたらしく、顔を厳しくしてちいさくうなずいた。

「それに、呉服屋の奉公人が、ふたりも斬られたそうですぜ」

「行ってみるか」

桑兵衛は、斬られた奉公人の傷だけでも見たかった。斬り口から、相手の腕や刀法などが、ある程度分かるからだ。

「旦那は、火盗改《かとう》のふりでもしてくだせえ。あっしが、手先になりやすから」

弐平が言った。

火盗改とは、火付盗賊改方のことである。火付盗賊改方は幕府の御先手組の加役で、配下の与力や同心がその任についていた。主な任務は、その名のとおり火付けと盗賊の捕縛、それに博奕《ばくち》の取り締まりである。

「唐十郎は、どうする」

桑兵衛が唐十郎に目をやって訊いた。

「行きます」

唐十郎が身を乗り出すようにして言った。

「唐十郎は、火盗改の見習いのような顔でもしていろ。怪しまれるようだったら、すぐに店を出るのだぞ」

桑兵衛は、殺された者の斬り口を見るのも、稽古のひとつだと思った。

「はい」

唐十郎が応えた。

桑兵衛と唐十郎は道場にもどって着替えてから、弐平の後につづいて、日本橋本《にほんばしほん》町《ちょう》へむかった。賊に入られた店は、松島屋《まつしまや》という老舗《しにせ》の呉服屋で、日本橋本町二丁目にあるという。

「急ごう」

桑兵衛が声をかけた。

すでに、陽は西の空にまわっていた。松島屋に着くころには、夕方になっているかもしれない。

道場を出た桑兵衛たち三人は、御徒町《おかちまち》通りに出てから南にむかい、神田川《かんだがわ》にかかる和泉橋《いずみばし》を渡った。そして、表通りをさらに南にむかった。しばらく歩くと、奥州《おうしゅう》街道に突き当たった。

桑兵衛たちは、奥州街道を西にむかった。この辺りは、本町四丁目である。街道の人通りは多く、様々な身分の老若男女《ろうにやくなんによ》が行き交《か》っていた。旅人らしい男や駄馬を引く馬子《まご》の姿もあった。

「この先ですぜ」

先にたった弐平が、桑兵衛たちに声をかけた。

いっとき歩くと、本町二丁目に入った。通り沿いには、呉服屋、両替屋、太物問屋《ふとものどんや》などの大店《おおだな》が目につくようになった。

「旦那、あの店ですぜ」

弐平が通りの先を指差した。

見ると、呉服屋らしい土蔵造りの大店の前に、ひとだかりができていた。通りがかりの野次馬《やじうま》が多いようだが、八丁堀《はっちょうぼり》同心や岡っ引きらしい男の姿もあった。八丁堀同心は小袖を着流し、羽織の裾《すそ》を帯に挟む巻き羽織と呼ばれる独特の格好をしているので、遠目にもそれと知れる。

陽は西の家並のむこうに沈みかけていた。大店に盗賊が押し入って店の者を殺したという大事件にしては、町方の姿がすくないようだ。おそらく、事件現場での聴取や聞き込みを終えて、店を出た者が多いのだろう。

店に近付くと、立て看板に「呉服品々　松島屋」と記されてあった。店の大戸はしめてあったが、店の端の一枚だけあいていて、そこが出入り口になっているようだった。

その出入り口の近くに、岡っ引きや下っ引きらしい男が何人か立っていた。近付いてくる桑兵衛たちに、不審そうな目をむけている。

弐平は懐から十手を取り出し、出入り口近くに立っている男たちに見せて、

「火盗改《かとう》の旦那だ」

と、小声で言った。

戸口にいた男たちは、桑兵衛と唐十郎に頭を下げた。若い唐十郎に不審の目をむけ

る者もいたが、何も言わなかった。

戸口から入ると、土間になっていた。土間の先が売り場で、店の奉公人、八丁堀同心、岡っ引きらしい男などが話していた。同心や岡っ引きたちが、事件のことを訊いているのだろう。

売り場の左手奥が、帳場になっていた。帳場格子《ごうし》の前に、八丁堀同心ひとりと岡っ引きらしい者が何人か集っていた。番頭らしい男の姿もあった。

桑兵衛は売り場に目をやったが、殺された男の姿はなかった。

「殺された男は、帳場の前らしいな」

桑兵衛が、小声で弐平に言った。

「行ってみやしょう」

十手を手にした弐平が、先にたった。

7

帳場の前には、八丁堀同心、番頭らしい年配の男、手代らしい男、それに岡っ引きや下っ引きたちが何人か集っていた。その男たちの前に、店の奉公人と思われる男がひとり、横たわっていた。その男の周辺に、どす黒い血が飛び散っている。

桑兵衛たちが近付くと、集っていた男たちの視線が向けられた。どの顔にも、不審そうな色がある。

「火盗改の旦那だ」

弐平が、手にした十手を見せながら言った。

すると、その場にいた男たちが驚いたような顔をし、慌《あわ》てて身を引いた。八丁堀同心は立ち上がり、

「死骸《おろく》は、先に見せてもらいました。それがしは、これで」

と、言い残して、その場を離れた。火盗改に、その場を譲ったらしい。

桑兵衛は横たわっている男に目をやると、

「喉《のど》を一太刀か！」

と、驚いたような顔をして言った。

男は仰向《あおむ》けに倒れていた。首を横に斬られ、傷口から白い頸骨《けいこつ》が覗《のぞ》いていた。その頸骨も切断されているらしい。辺りは、飛び散った血で赭黒《あかぐろ》く染まっている。

……変わった剣だ！

と、桑兵衛は胸の内で声を上げた。

弐平と唐十郎も、驚いたような顔をして殺された男に目をやっている。

「この男は」

桑兵衛が、傍《かたわ》らに立っている番頭らしい男に訊いた。

「手代の吉之助《きちのすけ》です」

番頭らしい男が言った。

「番頭か」

桑兵衛が男に目をやって訊いた。

「はい、番頭の増蔵《ますぞう》でございます。こ、こんなことになりまして……」

増蔵が声を詰まらせて言った。

「吉之助が斬られたとき、近くにいた者はいるか」

「近くではありませんが、てまえが吉之助が斬られたところを目にしました」

増蔵によると、昨夜遅く、番頭部屋で寝ているところを賊に起こされ、奥蔵の鍵を出させるために帳場まで連れてこられたという。そして、帳場の近くまで来たとき、吉之助が斬られるのを目にしたそうだ。

「吉之助は、手代部屋で寝ていたようですが、売り場から聞こえる物音を耳にし、様子を見にきたようです。おそらく、そのとき、驚いて外へ飛び出そうとしたのです。

それで、賊のひとりが、吉之助の前に立ち塞《ふさ》がって……」

増蔵の語尾が、途切れた。

「斬ったのだな」

「は、はい」

「その男が、刀を振るったとき、何か気付いたことはあるか」

桑兵衛は、手代を斬った男が、どのような剣を遣ったか知りたかった。喉を一太刀に斬ったことからみて、特異な剣にちがいない。

「横に、刀がひかったように見えました」

「それで」

桑兵衛にも、下手人が刀を横に払ったことは分かっていた。

「ヒュル、ヒュルと、物悲しい笛の音のように聞こえました。……く、首から噴き出した血の音かもしれません」

増蔵が声を震わせて言った。そのときの、恐ろしい光景を思い出したのだろう。

「笛の音な」

桑兵衛は、刀を横に払って首を斬る特異な刀法らしい、と思った。

「その男のことで、何か覚えていることはあるか。大柄だったとか、痩《や》せているとか

「……」

さらに、桑兵衛が訊いた。

「背が高く、痩せているように見えました」

「そうか」

桑兵衛はいっとき間を置いてから、

「奉公人が、もうひとり殺されたと聞いたが」

と、声をあらためて訊いた。

「は、はい、奥蔵の前で……」

「その男の傷は」

「肩から胸にかけて斬られたようです」

「袈裟か」

そちらは、変わった刀法ではないとみた。

「それで、奪われた金は」

桑兵衛が水を向けた。

「千八百両ほど」

増蔵によると、奥蔵から千両箱がふたつ奪われ、なかに千八百両ほどの金が入っていたという。

「奥蔵の鍵は、番頭から出させたのだな」

「は、はい……。吉之助が斬られるのを見て怖くなり、盗賊に言われるままに鍵を出しました」

増蔵が、鍵は帳場の隅にある小簞笥《こだんす》のなかにしまってあったと話した。

桑兵衛は、奥蔵も見てみようと思ったが、思いとどまった。桑兵衛には、町方や火盗改のように探索をつづけて賊を捕らえる気などなかったのだ。

桑兵衛は、賊のひとりである横山の切腹を介錯したこともあって、残る四人が何者か知りたかった。それに、首を横に払い斬りにするという特異な刀法にも興味があった。ただ、ここで、店の奉公人から話を聞いても、桑兵衛の訊きたいことに答えてくれる者はいないだろう。

「外に出よう」

桑兵衛が、弐平と唐十郎に声をかけた。

「旦那、金を盗まれた奥蔵だけでも、見ておいた方がいいですぜ」

弐平が、不服そうな顔をして言った。

「弐平にまかせよう」

桑兵衛はそう言い残し、唐十郎を連れて店から出た。

店の外は、夕闇につつまれていた。店先に集っていた野次馬たちも、いまは四、五人いるだけである。近所の住人が多いようだ。

桑兵衛は、戸口近くにいた若い男がふたりで盗賊の話をしているのを耳にし、

「近所の者か」

と、声をかけた。賊らしい武士を見掛けたようなら、話を聞いてみようと思ったのだ。変わった刀法を遣う長身痩躯《そうく》の武士が、気になったのである。

「へい」

浅黒い顔をした男が応えた。

「昨夜、松島屋に押し入った賊のことで、何か知っていることはあるか」

桑兵衛が訊いた。

「押し込みかどうか分からねえが、一昨日《おととい》の夕方、向かいの天水桶《てんすいおけ》の陰で、松島屋に目をやっている男を見かけやした」

浅黒い顔の男が言った。

「武士か」

「へ、へい」

「どんな男だった。背の高い男か」

桑兵衛は、長身痩軀の男を念頭に置いて訊いたのだ。

「大柄で、どっしりした体付きをしてやした」

「そうか」

どうやら、長身痩軀の男ではないようだ、と桑兵衛は思った。念のため、その男の仲間らしい武士が近くにいなかったか訊いたが、目にしたのはひとりだけだと答えた。

「手間を取らせたな」

桑兵衛はふたりに声をかけ、唐十郎を連れて店先から離れた。

8

桑兵衛、唐十郎、弥次郎の三人は、道場で中伝八勢の稽古をしていた。雨のせいか、今日は門弟がひとりも姿をみせなかった。いまは雨が上がったが、朝方はかなり降っていたのだ。

「入身右旋は、右手にいる敵を斬る技だ」

桑兵衛は、「まず、おれがやってみる」と言って、正面に唐十郎を、右手に弥次郎を立たせた。

「いくぞ」

桑兵衛はふたりに声をかけると、居合の抜刀体勢をとったまま、正面の唐十郎にむかって踏み込んだ。そして、正面の相手に斬りつけるとみせ、ふいに右手に体を反転させて抜き付けた。

袈裟へ――。素早い体捌《たいさば》きである。

咄嗟《とっさ》に弥次郎は身を引いて、桑兵衛の切っ先をかわした。もっとも、桑兵衛は切っ先が弥次郎にとどかないように手前で抜き付けているので、その場にいても、斬られることはなかっただろう。

「唐十郎、やってみろ」

桑兵衛は、唐十郎と場所を替えた。

「まいります！」

唐十郎は声高《こわだか》に言い、居合の抜刀体勢をとった。

その体勢のまま、唐十郎は正面に立った桑兵衛にむかって踏み込み、右手に体を反転させて抜き付けた。さきほどの桑兵衛と同じ動きだったが、抜き付けの一刀に、桑兵衛ほどの鋭さがなかった。

「それでは、斬れんぞ。敵を斬るつもりで、抜け！」

桑兵衛が声高に言った。

そのとき、道場の戸口で足音がし、

「狩谷どの、おられるか」

と、声がした。

「小峰どのだ」

桑兵衛が言った。大原家に仕える用人の小峰忠之助の声である。

「何かあったかな」

桑兵衛は、戸口に足をむけた。唐十郎と弥次郎も、後につづいた。

道場の戸口に、ふたりの男が立っていた。大原家の用人の小峰と若党の栗山だった。切腹する横山の介錯を依頼にきたふたりである。

「何かありましたか」

すぐに、桑兵衛が訊いた。

「狩谷どのに、屋敷まで御足労願いたいことがござって……」

小峰が、戸口から外の通りに目をやりながら言った。近くに通りかかる者はいないか、気にしているようだ。どうやら、この場で立ち話をするような用件ではないらしい。

「ともかく、道場に入ってくれ。門弟はいないので、気兼ねなく話せる」

そう言って、桑兵衛はふたりを道場に入れた。

桑兵衛は、道場のなかほどで小峰たちと対座すると、

「話してくれ」

すぐに、言った。唐十郎と弥次郎は、桑兵衛の脇に控えている。

「松島屋という呉服屋に、盗賊が入ったのを御存知かな」

小峰が声をひそめて言った。

「知っています」

桑兵衛は、松島屋へ行って、奉公人たちに盗賊のことを訊いたとは口にしなかった。唐十郎も黙っている。

「その賊は四人で、いずれも武士と聞いている」

小峰が言った。

「そのようです」

「四人は、切腹した横山の仲間らしいのだ」

小峰の顔を、憂慮《ゆうりょ》の翳《かげ》が覆《おお》った。栗山も、厳しい顔で虚空《こくう》を見つめている。

小峰はいっとき間を置いてから、

「実は、また、狩谷どのに頼みたいことがあって来たのだ」

と、声をあらためて言った。

「介錯でござるか」

桑兵衛が訊いた。

「ちがう。盗賊のことで、桑兵衛どのに手を貸してほしいのだ。……これは、御目付の増田彦兵衛《ますだひこべえ》さまからお話があったことなのだが」

小峰によると、先に横山の介錯を依頼した大原久右衛門は、増田の配下だという。

増田は盗賊たちが武士であり、しかも幕臣の子弟もかかわっているらしいことを知って憂慮されていたという。そうしたおり、御納戸頭《おなんどがしら》の青木与左衛門《あおきよざえもん》の配下の者が、賊の仲間のひとりらしいという噂《うわさ》を耳にし、配下の大原を呼んで話を聞いたそうだ。

「そのときの話で、狩谷どののことが出たようです。……増田さまは、そういう方がいるなら、手を貸してもらえないかと、殿に話されたのです」

「ご承知のとおり、おれたちは盗賊の捕物に手を出すような立場ではないが」

桑兵衛が、戸惑うような顔をした。

「それは、殿も増田さまも承知しておられるが、此度《こたび》の件は幕臣がかかわっていることから、密かに探索を進めねばならず、どうしても狩谷どののような方の手をお借りしたいらしいのだ」

「うむ……」

桑兵衛は、すぐに返答できなかった。門弟がなかなか増えず、自分が道場を留守にすることが多くなれば厳しいのだ。

「どうであろう。むろん、相応の礼はさせてもらうが」

「おれたちには、荷が重いな」

そう呟《つぶや》いて、桑兵衛はいっとき虚空に目をやっていたが、

「お話だけでも、お伺いするか」

と、小峰に顔をむけて言った。

桑兵衛は、松島屋で奉公人から話を聞いたとき、賊のなかに喉を斬る特異な技を遣う武士がいることを知って、盗賊一味に関心を持っていたのだ。

「ありがたい。すぐに、殿にお伝えいたす。ちかいうちに、増田さまにも会ってもらうことになるかもしれぬ」

小峰が、ほっとした顔をして言った。

第二章　襲撃

1

「こちらで、お待ちください」

若党の栗山が、桑兵衛たちを玄関に近い座敷に案内した。そこは、以前横山の介錯を終えた後、酒肴で饗応《きようおう》された座敷である。

桑兵衛、唐十郎、弥次郎の三人は、御徒目付組頭である大原久右衛門の屋敷にきていたのだ。

栗山が座敷から出て行くと、入れ替わるように用人の小峰が、座敷に入ってきた。

小峰は桑兵衛たちの前に腰を下ろすと、「そろそろ御目付の増田さまが、お見えのはずです」と、小声で言った後、

「本来なら、殿がそこもとたちに同行を願って、増田さまのお屋敷にお伺いせねばならないのだが、増田さまは、そこもとたちと会ったことを秘匿《ひとく》するために、当屋敷にお忍びでおいでになったのです」

と、唐十郎たちに話した。

「承知している」

桑兵衛が言うと、唐十郎と弥次郎がうなずいた。

「増田さまがお見えになったら迎えにくるゆえ、それまで、ここでお待ちくだされ」

小峰は、すぐに腰を上げた。そして、忙しそうに、座敷から出ていった。用人として、御目付を屋敷に迎えるとなると、いろいろ気を使うのだろう。

桑兵衛たちが、座敷に腰を下ろして半刻（一時間）も経ったろうか。廊下を忙しそうに歩く足音がし、障子があいて小峰が姿を見せた。

小峰は、桑兵衛たちの前に来ると、

「御目付さまが、お見えになった。いっしょに来てくだされ」

そう言って、桑兵衛たちとともに座敷から出た。

桑兵衛たちが小峰につづいて入ったのは、奥の書院だった。床《とこ》の間《ま》を背にして、大柄な武士が座していた。四十がらみであろうか。面長《おもなが》で眉《まゆ》が濃く、眼光が鋭かった。御目付の増田彦兵衛らしい。その増田の脇に、大原が座していた。

「狩谷どの、そこへ」

大原がすこし間をとって、前に並べられている座布団《ざぶとん》に手をむけた。

桑兵衛たち三人は、並べられた座布団に座した。

「狩谷桑兵衛に、ございます」

すぐに、桑兵衛が名乗って、増田に深々と頭を下げた。

弥次郎がつづき、最後に唐十郎が名乗った。

「呼び出して、すまぬな」

大原はそう声をかけた後、

「今日、御目付の増田さまがお見えになったのは、その方《ほう》たちにおりいって頼みたいことがおありだからだ」

と、言い添えた。

すると、黙って桑兵衛たちに目をやっていた増田が、

「ちかごろ、江戸市中を騒がせている盗賊のことだが、そこもとたちも知っているかな」

と、その風貌《ふうぼう》に似合わず物静かな声で言った。

「はい。御当家の依頼で、介錯をやらせていただきましたので」

桑兵衛はそう答えただけで、他のことは口にしなかった。当然、大原から桑兵衛たちのことは、増田の耳に入っているとみたからだ。

「そこもとは道場主で、剣の腕もたつと聞いている」

増田が桑兵衛に目をやって言った。

「剣術といっても居合ですので、他流との立ち合いには、後《おく》れをとることがございます」

「そのようなことはあるまい。わしの配下の者から聞いたのだがな。桑兵衛どのの剣は、他流のように竹刀で打ち合う稽古から身につけたものではないので、実戦向きと聞いておるぞ」

「恐れ入ります」

　増田が、前に座した桑兵衛、唐十郎、弥次郎の三人に目をやって言った。

　桑兵衛は頭を下げた。胸の内で、このお方は、おれたちのことをよく知っているようだ、と思った。

「その方たちに、頼みがあるのだ」

　増田が声をあらためて言った。

「さきほど話した、市中を騒がせている盗賊のことだ」

　増田はそう言った後、傍らに座している大原に目をやり、

「その方から話してくれ」

　と、声をかけた。

「盗賊たちは、いずれも武士で、幕臣やその子弟もくわわっているとみている。狩谷

どのたちも承知のとおり、こともあろうに、それがしに仕える家士も賊のひとりだった。その盗賊が、先に町方や火盗改の手で捕らえられ、江戸中に知れ渡るようなことになれば、御目付さまをはじめ、われら目付筋の者の面目《めんぼく》がたたぬ」

大原はそう言って、いっとき間を置いた後、

「何としても、その賊はわれら目付筋の者たちで捕らえたい」

と、語気を強くして言った。

桑兵衛は何も言わず、大原を見つめている。

すると、黙って聞いていた増田が、

「そういうわけでな、桑兵衛どのたちに、手を貸してもらいたいのだ。むろん、相応の礼はする」

と、言い添えた。

「ですが、われらは道場で門弟たちに指南している身です。それに、ここにいる三人だけでは、どうにもなりません」

桑兵衛が言った。

「いや、狩谷どのたちだけに頼むわけではない。……実は、目付筋の者のなかから腕の立つ者を選んで、密かに此度の件の探索にあたらせている。ちかいうちに、狩谷ど

のたちを訪れるはずだ」

「……」

桑兵衛は無言で虚空を見つめていたが、

「それならば、やらせていただきます」

と言って、あらためて増田と大原に頭を下げると、唐十郎と弥次郎も、桑兵衛につづいて低頭した。

「頼むぞ」

増田が、表情をやわらげて言った。

2

桑兵衛と唐十郎は道場での稽古を終えた後、母屋にもどった。ふたりが座敷で一休みしていると、下働きのとせが茶を淹れてくれた。

道場の稽古で汗をかいた後でもあり、茶が旨《うま》かった。

母屋は静かだった。とせは桑兵衛たちに茶を出した後、夕餉《ゆうげ》の仕度のために近所の八百屋《やおや》に買い物にいったらしい。

「父上、盗賊たちのなかに、腕のたつ者が何人もいるような気がするのですが」

唐十郎が、湯飲みを手にしたまま言った。

「そうかもしれぬ」

桑兵衛は、賊のなかに喉を横に一太刀で斬る男がいることを思い出した。剣の遣い手とみていいだろう。ただ、切腹した横山恭之助が、遣い手とは思えなかった。それでも、顔に面擦れの痕があったので、竹刀を使っての稽古はかなりしたはずだ。

「盗賊が商家に押し入るのは、金が欲しいからでしょうか」

唐十郎が訊いた。

「そうみていいな。ただ、その金を何に使おうとしているのか、分からぬ。私欲のためだけではないような気がする」

桑兵衛は、切腹した横山に訊いておけばよかったと思ったが、いまになっては、手遅れである。

「盗賊は、松島屋に押し入って大金を手にしました。これで、押し込み強盗をやめるでしょうか」

「どうかな。まだ、押し入るような気がするが……」

桑兵衛がそう言ったとき、戸口に近寄ってくる慌ただしそうな下駄の音がした。とせらしい。

すぐに、戸口の板戸のあく音がし、

「旦那さま、旦那さま」

と呼ぶとせの声がした。

「何か、あったのかな」

すぐに、桑兵衛は腰を上げ、戸口にむかった。

座敷を出ると、とせが土間に立っていた。手に青菜を抱えている。八百屋で買ったものらしい。

「だ、旦那さま、お侍《さむらい》さまが道場に見えてますよ」

とせが、桑兵衛の顔を見るなり言った。

とせは、五十代半ばだった。桑兵衛の妻のきよが十年ほど前に病死した後、下働きとして来てくれていたのだ。

「だれかな」

桑兵衛が訊いた。

「おふたりですよ」

とせが、ふたりとも門弟ではないと言った。

「いってみるか」

桑兵衛は手にした湯飲みを置いて腰を上げた。すると、唐十郎も、立ち上がった。ふたりの武士が何者なのか気になったらしい。

桑兵衛と唐十郎は、道場の裏手の戸をあけてなかに入った。裏手にも、出入り口があったのだ。

道場の戸口に行くと、ふたりの武士が立っていた。ふたりとも、羽織袴姿で二刀を帯びている。

「狩谷桑兵衛どのでござるか」

三十がらみと思われる男が言った。浅黒い顔で、双眸《そうぼう》が鋭いひかりを宿している。剣の修行で鍛えた体らしく、胸が厚く、腰が据わっていた。

「狩谷だが、そこもとは」

桑兵衛が訊いた。

「それがし、徒目付の滝川弥九郎《たきがわやくろう》と申す」

滝川が名乗ると、傍らに立っていた長身の武士が、

「それがしも、徒目付でござる。名は久保助三郎《くぼすけさぶろう》」

と、名乗った。

「御目付の増田さまの命《めい》で、お訪ねしました」

滝川が言った。

「ともかく、道場に入ってくれ。稽古は終わったので、だれもいない」

桑兵衛は、滝川と久保を道場に入れた。

四人で、道場のなかほどに対座すると、

「増田さまから話を聞いておられると思うが、それがしたちは、ちかごろ江戸市中を騒がせている盗賊の件できたのだ」

滝川が言うと、脇に座した久保がうなずいた。

「賊は五人だが、ひとり亡くなったので四人と聞いているが」

桑兵衛は、切腹した横山のことは口にしなかった。すでに、滝川と久保は知っているとみたからだ。

「松島屋に入った賊は、四人と聞いている。四人は、先に本石町の両替屋に押し入ったのと同じ賊のようだ」

「そうらしいな」

桑兵衛が言った。

次に口をひらく者がなく、道場内は重苦しい沈黙につつまれた。そのとき、黙って

聞いていた唐十郎が、

「四人の賊は、武士でありながら、何のために商家に押し入って大金を奪っているのですか」

と、身を乗り出して訊いた。

滝川が唐十郎に目をやった後、

「それが、分からないのだ。幕臣が私利私欲のため、徒党を組んで押し込みに入るとは思えない。露見すれば、己が腹を切っただけではすまされないからな。家はつぶされ、一族郎党まで汚名を着ることになる」

と言って、首をひねった。

「賊のことで、何かつかんでいることがあれば、教えてもらいたいが」

桑兵衛が言った。滝川たちは、盗賊のことで他にも何かつかんでいる、と桑兵衛はみたのだ。

「これといったことはつかんでないが、四人とも腕がたつようだ」

滝川が言った。

「四人とも、腕がたつのか」

桑兵衛が聞き返した。松島屋で手代の吉之助の首を斬った男は腕がたつとみていたが、他の三人のことは分からなかったのだ。

「おれは、そうみている。本石町の両替屋に押し入った後、近所で聞き込みにあたったのだが、そのおり、盗賊に斬られた者がいたのだ」

滝川によると、仕事帰りに飲んで遅くなった職人が、深夜、両替屋の近くを通りかかったとき、盗賊らしい者たちを見掛けた。その賊のひとりが、向かいから歩いてきた酔っ払いを斬ったという。

「おれは、賊の入った翌日、両替屋に事件のことを訊きにいき、斬られた男を見たのだ。……見事に一太刀で斬られていた。その太刀筋から、遣い手とみた」

滝川が言った。

「男は、首を横に斬られていたのではないか」

桑兵衛は、松島屋で手代の吉之助の首を斬った男を念頭に置いて訊いた。

「ちがう。背後から袈裟に一太刀だ。一撃で、息の根をとめるほどの深い傷だった。相手が町人とはいえ、後ろから追っていって、一太刀で仕留めるのはむずかしい。腕がたつとみていいのではないか」

「いかさま」

滝川が話した賊は、吉之助を斬った男ではない、と桑兵衛はみた。

「それに、他の三人に慌てる様子はなく、周囲に目を配っていたようだ。それを聞いて、他の三人も、そこそこ遣えるのではないかとみたのだ」

滝川が言った。

「そうかもしれぬ」

他の三人に慌てる様子がなかったというだけで、腕がたつと決め付けられないが、三人のなかには、吉之助の首を斬った男もいる。そうしたことからみて、四人とも遣い手とみていいのかもしれない、と桑兵衛は思った。

桑兵衛たちはひととおり、これまで探ったことを話した。その後、滝川が、

「ときどき道場に顔を出す」

と言い残し、久保とふたりで道場を出た。

3

桑兵衛は滝川たちと会った翌日、唐十郎と弐平を連れて本石町にむかった。以前、盗賊に襲われた両替屋に行き、そのときの様子を聞こうと思ったのだ。たまたま、弐平が道場に姿を見せたので、いっしょに行くことにした。

弥次郎は道場に残った。門弟が数人姿を見せたので、指南を頼んだのである。

「弐平、両替屋の店の名を知っているか」

桑兵衛は、まだ店名も知らなかった。話を聞いた者たちの多くが、両替屋という呼び方をしていたからだ。

「福富屋《ふくとみや》ってえ、御利益《ごりやく》のありそうな名でさァ」

弐平が薄笑いを浮かべて言った。

桑兵衛たちは、神田川にかかる和泉橋を渡り、内神田の表通りを南にむかい、本石町の表通りに出た。そこは、本石町四丁目だった。

「こっちでさァ」

弐平が先にたって、表通りを西にむかった。

本石町三丁目に入っていっとき歩くと、弐平は路傍《ろぼう》に足をとめ、

「福富屋は、その店ですぜ」

と言って、斜向《はすむ》かいにある店を指差した。

両替屋としては、大きな店だった。本両替の店らしい。

両替屋には、本両替と脇両替とがあった。本両替は、資本力が大きく金銀の両替の他に、手形の振替、預金、貸付などもおこなっていた。現在の銀行のような仕事をし

ている。

一方、脇両替は、金銀貨と銭の両替をおこない、質屋や酒屋などを兼ねている店が多かった。

福富屋は、繁盛《はんじよう》しているようだった。店の戸口から覗くと、奉公人たちが、何人もの客を相手に金銀の交換をやっていたり、算盤《そろばん》を弾《はじ》いたりしていた。また、店の奥では、番頭らしい男が、帳場机の上に置かれた台秤《だいばかり》で金銀の重さを量っている。

桑兵衛たち三人が店に入って行くと、手代らしい男がそばに来て、

「いらっしゃいませ」

と、声をかけた。客と思ったらしい。

すると、弐平が懐から十手を出し、

「こっちの用でな」

と、小声で言った。お上《かみ》の御用で来たことを知らせるためである。

「お待ちください」

手代らしい男は、すぐに帳場にいる番頭らしい男のそばにいった。

ふたりは、何やら言葉をかわしていたが、番頭らしい男が腰を上げ、桑兵衛たちのそばに来た。

「番頭の吉兵衛《よしべえ》でございます」

番頭が名乗った。五十がらみと思われる小柄な男だった。

「こちらは、お上の方だ」

弐平が、十手を見せて言った。町方とも火盗改とも言わなかったのは、若い唐十郎がいっしょだったからだ。

「この店に押し入った賊のことで、訊きたいことがあってな」

桑兵衛が言った。

吉兵衛は戸惑うような顔をしたが、

「お上がりになってください。店先でお話はできませんので」

と、客に聞こえないように小声で言った。

番頭が桑兵衛たちを連れていったのは、店の奥の小座敷だった。そこにも帳場机が置かれ、台秤があった。特別な客を入れて、商談をするための座敷らしい。

「あるじを呼んでまいりましょうか」

番頭が、桑兵衛に訊いた。

「いや、いい。番頭から話してくれ」

桑兵衛は、そう言った後、まず店に押し入った賊の人数を訊いた。

「五人でございます」

桑兵衛は、すぐに言った。

「いずれも、武士か」

五人のうちのひとり、横山恭之助は切腹しているので、残るのは四人である。

「はい、てまえは、盗賊に引き出され、内蔵の鍵を出すよう脅《おど》されました。そのとき、五人の姿を目にしました」

番頭によると、賊のひとりに刀を突き付けられ、怖くなって、帳場机の後ろにある小箪笥から内蔵の鍵を出して賊に渡したという。

「奪われた金は」

「はっ、八百両ほどで……」

番頭の声が震えた。そのときのことを思い出したのだろう。

番頭によると、賊は厠《かわや》に起きた手代をつかまえ、店の奥にある内蔵まで案内させたという。

「内蔵をあけさせて、金を奪ったのだな」

「そうです」

「内蔵から金を出させた後、賊はどうした」

「てまえと手代を身動きできないように縛り、猿轡《さるぐつわ》をかましてから、奪った金を持って店を出ました。てまえと手代は、翌朝、奉公人たちが起きてくるまで、縛られたままでした」

話している番頭の顔に、恐怖の色が浮いた。そのときのことを思い出したのだろう。

「賊は、だれも手にかけなかったのか」

「はい」

「そうか」

盗賊とはいえ、町人に惨《むご》いことをする男たちではないようだ、と桑兵衛は思った。

それから、桑兵衛に替わって、弐平が五人の賊の特徴や口にした言葉などを訊いたが、手がかりになるような話はなかった。

「手間をとらせたな」

そう言って、桑兵衛は腰を上げた。

桑兵衛たち三人が福富屋を出たとき、ふたりの武士が斜向かいにあった呉服屋の脇に身を隠すように立って、桑兵衛たちに目をやっていた。ふたりとも小袖に袴姿で、二刀を帯びていた。

「おい、出てきたぞ」

浅黒い顔をした武士が、店から通りに出てきた桑兵衛たち三人を見て言った。ふたりの武士は、たまたま福富屋の前を通りかかり、店内を覗いたとき、弐平が手代に十手を見せているのを目にしたのだ。

「あの武士は、横山の首を落とした介錯人ではないか。……おれは、介錯人が若い倅《せがれ》を連れていたと聞いたぞ」

浅黒い顔の男が言った。

「横山の敵《かたき》を討ってやるか」

もうひとりの大柄な男が言った。

「ふたりでか」

「なに、相手は横山の首を落とした男だけだ。ひとりは十手しか持っていない岡っ引きで、もうひとりはまだ若い」

大柄な男が、嘯《うそぶ》くように言った。

4

桑兵衛、唐十郎、弐平の三人は来た道を引き返し、松永町にむかった。来るときは晴れていたが、いまはどんよりと曇《くも》っていた。まだ、八ツ半（午後三時）ごろのはずだが、辺りは夕暮れ時のように薄暗かった。

「急ぐぞ。雨になりそうだ」

桑兵衛が足を速めた。

桑兵衛たち三人は、行き交うひとの多い表通りを過ぎ、神田川沿いにつづく柳原《やなぎわら》通りに出た。ふだんは賑《にぎ》やかな通りだが、いまにも降ってきそうな空模様のせいか、いつもより人通りがすくなかった。

桑兵衛たち三人は、神田川にかかる和泉橋を渡った。そして、橋のたもとに出たときだった。桑兵衛は、背後から走り寄る足音を耳にした。

桑兵衛は背後に迫るふたりの武士を目にし、異様な殺気を感知した。

……おれたちを狙っている！

と桑兵衛はみて、唐十郎と弐平に目をやった。だが、ふたりは背後から迫るふたりに気付いていなかった。

ふたりの武士は間近に迫り、足音が大きくなった。そのとき、唐十郎が背後に目をやった。ふたりの武士は、すぐ後ろに迫っている。

「唐十郎、弐平、川岸を背にしろ！」

桑兵衛が叫んだ。ふたりの武士から逃げようとしても、唐十郎か弐平のどちらかが犠牲《ぎせい》になるとみたのだ。

すぐに、三人は岸際に走った。背後から攻撃されるのを防ぎ、桑兵衛の目のとどく場所に、唐十郎と弐平をおくためである。

桑兵衛、唐十郎、弐平の三人は、神田川の岸際に立った。

ふたりの武士は、桑兵衛たち三人の前に走り寄ると、大柄な武士が桑兵衛の前に、浅黒い顔の武士が唐十郎の前に立った。弐平は、無視している。

「何者だ！」

桑兵衛が大声で誰何《すいか》した。

「通りすがりの者だ」

大柄な武士が言った。

「福富屋に押し入った賊だな」

「問答無用！」

大柄な武士が、刀を抜いた。

唐十郎は、浅黒い顔をした武士と対峙《たいじ》していた。武士の顔に、薄笑いが浮いている。唐十郎を、まだ子供と見て侮《あなど》っているようだ。

「狩谷唐十郎、参る！」

唐十郎は、対峙した武士を睨《にら》むように見すえて言った。顔がかすかに紅潮《こうちょう》している。恐れや怯《おび》えの色はなかった。全身に覇気《はき》が漲《みなぎ》っている。

「小僧、遊びではないぞ」

武士は、刀の柄に手をかけた。

唐十郎も刀の柄に右手を添え、

……入身迅雷で斬る！

と、胸の内で声を上げた。唐十郎が今稽古を積んでいる入身迅雷は、初めての相手に遣うと、虚《きょ》を衝《つ》く効果があることを知っていたのだ。

「やる気か」

武士が抜刀の気配を見せた。

唐十郎は刀の柄を握って居合の抜刀体勢をとると、いきなり素早い動きで武士に迫り、

イヤアッ！

と、裂帛《れっぱく》の気合を発して抜き付けた。

逆袈裟へ——。

稲妻のような閃光《せんこう》がはしった。

咄嗟《とっさ》に、武士は身を引いたが、間に合わなかった。唐十郎の手にした刀の切っ先が、武士の胸から肩にかけて斬り裂いた。

武士は、恐怖にひき攣《つ》ったような顔をして、後じさった。武士の露わになった胸に血の線がはしり、赤い筋を引いて流れ落ちている。ただ、深い傷ではなかった。咄嗟に身を引いたため、皮肉を裂かれただけで済んだらしい。

「こ、小僧、やるな」

武士は、大きく間をとってから刀を抜いた。そして、青眼《せいがん》に構えた。

唐十郎にむけられた武士の切っ先が、小刻みに震えている。気が昂《たかぶ》り、体に力が入り過ぎているのだ。

唐十郎は抜刀した刀をすぐに鞘に納め、ふたたび居合の抜刀体勢をとった。睨むよ

うに武士を見つめ、片時も視線を逸らさない。

「小僧、容赦《ようしゃ》しないぞ」

武士は青眼に構えたまま趾《あしゆび》を這《は》うように動かし、ジリジリと間合を狭《せば》めてきた。

……真っ向両断を遣う！

唐十郎は、武士の切っ先が震えているのを見て決めた。

真っ向両断は、正面から敵に迫り、抜き付けの一刀で真っ向へ斬り落とす技である。迅《はや》い動きで、正面から果敢《かかん》に斬り込むことが大事である。おそらく、武士は唐十郎の抜き付けの一刀を受けるが、強い斬撃に押されて体勢が崩れるはずだ。

「いくぞ！」

唐十郎が声をかけ、居合の抜刀体勢をとったまま摺《す》り足で武士に迫った。

ふたりが前に動いたので、一気に間合が狭まった。

唐十郎は、一足一刀の斬撃の間合に踏み込むや否《いな》や仕掛けた。

タアッ！

鋭い気合を発して、抜き付けた。

踏み込みざま真っ向へ――。

稲妻のような閃光が弧を描いた。

迅い！

武士は唐十郎の抜き打ちの斬撃を受ける間がなく、咄嗟に上半身を後ろに倒しただけだった。

唐十郎の切っ先は、武士の顎《あご》の辺りをかすめて空を斬ったが、武士は体勢をくずして大きく後ろによろめいた。

すかさず、唐十郎は納刀し、みたび居合の抜刀体勢をとった。

このとき、桑兵衛と立ち合っていた大柄な武士が、悲鳴を上げた。頰が血で真っ赤に染まっている。桑兵衛の斬撃を浴びたらしい。

武士は恐怖に顔をゆがめて後じさり、桑兵衛との間があくと、

「引け！」

と、叫んで、抜き身を手にしたまま走りだした。

これを見た唐十郎と対峙していた武士も反転し、逃げた武士の後を追って走りだした。唐十郎と桑兵衛は、ふたりの武士を追わなかった。逃げるふたりの武士の背に目をやっている。

「いくじのねえやつらだ！」

弐平がふたりの背に罵声《ばせい》を浴びせた。

「大事ないか」

桑兵衛が唐十郎に声をかけた。

「はい！　父上は」

唐十郎が訊いた。

「おれは、見たとおりだ。唐十郎、踏み込みが甘かったぞ。居合は片手斬りのため切っ先が伸びる。その間合が大事だ」

厳しく言いつつも、桑兵衛は笑みを浮かべていた。唐十郎の腕の冴《さえ》に、満足しているようだ。

5

狩谷道場に、気合と木剣を打ち合う音がひびいていた。弥次郎が、門弟たちに小宮山流居合の指南をしていたのだ。

今日の午後の稽古にめずらしく四人の門弟が顔を出し、師範代の弥次郎が稽古をつけていた。

桑兵衛と唐十郎は午前中道場に姿を見せたが、門弟がこなかったので、桑兵衛が書十郎に稽古をつけただけで、母屋にもどってしまった。ふたりは、いまも母屋にいるはずである。午後になって姿を見せた門弟は四人だけなので、弥次郎ひとりで十分だった。

弥次郎は、四人の門弟相手に一刻(二時間)ほど稽古をつづけると、手にした木刀を下ろし、

「今日は、これまでだな」

と、門弟たちに声をかけた。

弥次郎の顔は汗でひかり、稽古着も濡《ぬ》れていた。門弟たちは弥次郎に挨拶《あいさつ》をし、着替えの部屋に入った。部屋といっても、道場から出入りできるようになっている小屋のような別棟である。そこが門弟たちの着替えの場所であり、稽古に遣う木刀や刃のない刀などの置き場にもなっていた。刃のない刀は、初心者が居合の稽古に遣うのだ。

弥次郎が門弟たちを送り出したとき、その門弟たちと入れ替わるように弐平が飛び込んできた。

「どうした、弐平」

弥次郎が訊いた。

「また、押し込みでさァ！　狩谷の旦那は」

弐平が喘《あえ》ぎながら言った。よほど急いで来たとみえ、顔を汗がつたっている。

「母屋におられる」

弥次郎が言った。

「母屋に行きやす」

弐平はそう言い残し、道場から飛び出した。

「おれも、行く」

弥次郎は稽古着のまま、土間の隅に置いてあった下駄を履《は》いて弐平につづいた。

弐平が、母屋の戸口に立って声をかけると、すぐに桑兵衛と唐十郎が顔を出した。

「狩谷の旦那、大変ですぜ！」

弐平が声を上げた。

「何かあったのか」

桑兵衛が、戸口から出てきた。

「また、押し込みでさァ」

「賊は武士たちか」

すぐに、桑兵衛は念を押した。松島屋や福富屋に入った盗賊でなければ、町方や火盗改でない桑兵衛には、何のかかわりもないのだ。

「そうでさァ！　奉公人が、ふたりも殺《や》られたようですぜ」

弐平の声が、うわずっていた。

「なに、ふたりも殺されたと！」

桑兵衛の顔が、厳しくなった。福富屋と松島屋に押し入った武士たちは、奉公人をふたり手にかけていた。今度も、ふたり手にかけたという。

「押し入られた店は」

桑兵衛が訊いた。

「薬種問屋の村田屋《むらたや》でさァ」

「村田屋は、どこにある」

桑兵衛は、すぐに行くつもりだった。

「本町三丁目でさァ」

日本橋本町三丁目は、売薬店や薬種問屋が多いことで知られた町である。

桑兵衛と唐十郎はいったん家にもどり、大刀だけを腰に差してもどってきた。この間に、弥次郎も道場にもどって着替えを終えた。

「行くぞ」

桑兵衛が男たちに声をかけ、足早に表通りにむかった。

桑兵衛たちは和泉橋を渡り、内神田の表通りを南にむかって奥州街道に出た。本町三丁目と四丁目は、奥州街道沿いにひろがっている。

「こっちでさァ」

弐平は先に立って、街道を西にむかった。そして、本町三丁目に入って間もなく、弐平は路傍に足をとめ、

「あれが、村田屋でさァ」

と言って、街道沿いの大店を指差した。

二階建ての大きな店である。その店の大戸が、二枚だけあいていた。そこから、店に出入りしている男たちの姿が見えた。店の奉公人の他に、八丁堀同心や岡っ引きたちの姿があった。

店の脇に、大きな立て看板があった。「福寿丸《ふくじゆがん》　村田屋」と記されてあった。福寿丸は村田屋で売り出している薬らしい。

桑兵衛たちは弐平を先にたたせ、村田屋に入った。土間の先の薬売り場に、何人もの男たちがいた。店の奉公人、岡っ引きらしい男、それに八丁堀同心もふたり来ていた。店の左手の壁いっぱいに、様々な薬種を入れておく引き出しが縦横《じゆうおう》に並んでい

た。また、正面奥の棚には、いくつもの薬研《やげん》が置かれている。薬研とは、生薬《しょうやく》を粉末にするための道具である。

「旦那、そこに、ひとり殺《や》られていやす」

弐平が、薬研が置かれている棚の方を指差した。

店の奉公人や岡っ引きたちが、集っていた。その人だかりのなかに、羽織袴姿の武士がいた。

「滝川どのだ」

桑兵衛は、人だかりのなかに徒目付の滝川弥九郎がいるのを目にした。滝川は、村田屋に盗賊が入ったことを知って駆け付けたのだろう。

「弥次郎、奉公人たちから話を訊いてくれ」

桑兵衛は小声で言い、人だかりに近付いた。弐平が前にたち、唐十郎はすこし間をとって桑兵衛の後ろについた。その場に集っていた岡っ引きや奉公人たちは、十手を手にしている弐平と武士体の桑兵衛に気付くと、慌てた様子で身を引いた。八丁堀同心ではなく、火盗改と思ったらしい。

「狩谷どの、ここへ」

滝川が、立ち上がって桑兵衛を呼んだ。

桑兵衛たちは、滝川の脇に身を寄せた。滝川の前に、男がひとり仰向《あおむ》けに横たわっていた。男は目を剝《む》き、口をあんぐりあけたまま死んでいた。寝間着が肩から胸にかけて切り裂かれ、上半身がどす黒い血に染まっていた。仰臥《ぎょうが》している男の周辺にも、血が飛び散っている。

「手代の茂次郎《しげじろう》だ」

滝川が小声で言った。

「正面から、袈裟に一太刀か」

桑兵衛は胸の内で、喉を斬る悲笛《ひぶえ》の剣とはちがう、とつぶやいた。下手人は剛剣の主だろう、と桑兵衛はみた。

桑兵衛は、松島屋の番頭の増蔵から、血の噴出音が「ヒュル、ヒュルと物悲しい笛の音のように聞こえました」と聞いた後《のち》に、賊のひとりが遣った特異な刀法を、悲笛の剣、と名付けていたのだ。

「茂次郎は、昨夜、厠に起きたとき、廊下で盗賊と鉢合わせし、ここへ連れてこられて斬られたらしい」

滝川が、別の奉公人から聞いたことを言い添えた。

「ふたり斬られたと聞いたが」

桑兵衛が訊いた。

「あそこだ」

滝川が、左手奥の帳場を指差した。

帳場格子の前に、奉公人や岡っ引きたちが集っていた。八丁堀同心の姿もある。

「やはり、殺されたのは奉公人か」

桑兵衛が滝川に訊いた。

「番頭らしい」

滝川が顔をしかめて言った。

6

桑兵衛は帳場に足をむけた。殺された番頭も、見てみようと思ったのだ。滝川のそばから離れると、

「弐平、奉公人たちから話を訊いてみてくれ」

と、小声で言った。すでに、店内にいる八丁堀同心や岡っ引きたちは、桑兵衛の姿を目にしているので、不審を抱く者はいないだろう。

「承知しやした」

すぐに、弐平は桑兵衛から離れた。

桑兵衛は唐十郎だけを連れて番頭の死体がある場に近付いた。唐十郎は桑兵衛の後ろで硬い表情をしている。人だかりのなかほどにいた八丁堀同心が立ち上がり、

「検死は終えましたので」

と、桑兵衛に声をかけてその場を離れた。桑兵衛のことを火盗改か、幕府の目付筋の者とみたようだ。

八丁堀同心は、三十がらみと思われる痩身の男だった。桑兵衛は初めて見る顔で、定廻《じょうまわ》りか臨時廻りなのかも知らなかった。その同心に従って、数人の御用聞きたちが、その場を離れた。

桑兵衛は、床の上に仰向けに倒れている男のそばに近付いた。

男は首を斬られ、傷口から頸骨が覗いていた。

……悲笛の剣だ！

桑兵衛は、胸の内で声を上げた。その斬り口を見ただけで、松島屋に押し入って手代を斬った男が、この村田屋の番頭も手にかけたことが分かった。

「殺されたのは、番頭か」

桑兵衛は、近くにいた手代らしい男に訊いた。

「は、はい、番頭の甚造《じんぞう》でございます」

男は声を震わせて言った後、手代の伊勢吉《いせきち》と名乗った。

「番頭の甚造は、寝ているところを賊に起こされたのではないか」

桑兵衛は、甚造が寝間着姿だったので、そう訊いたのだ。

「そ、そうです」

「寝ていたのは、番頭部屋か」

「はい、押し込みは、番頭さんに内蔵の鍵を出させた後、ここで……」

伊勢吉が、語尾をつまらせて言った。

「鍵はどこにあったのだ」

「店をしめて寝るとき、番頭さんは鍵を寝部屋へ持っていったはずです」

伊勢吉によると、番頭はいつもそうしているとのことだった。

「すると、賊は番頭部屋から番頭を連れ出し、鍵を出させた後、ここで殺したのだな」

「……」

伊勢吉は、顔をしかめてうなずいた。

桑兵衛はいっとき間を置いた後、

「それで、奪われた金はどれほどだ」

と、声をあらためて訊いた。

「千両箱がふたつ、奪われたそうです。ただ、千二、三百両ではないかと聞きました」

伊勢吉は、ひとつの千両箱には、二、三百両しか入っていなかった、と別の手代から聞いたという。

「いずれにしろ、盗賊は大金を手にしたわけだ」

桑兵衛は、盗賊がこれまでに福富屋と松島屋に押し入り、二千六百両ほどの金を奪っていることを思い出した。さらに村田屋で千二、三百両もの大金を奪ったことになる。

「お、恐ろしいことです」

伊勢吉が肩を落としてつぶやいた。

「ところで、店の主人《あるじ》は」

桑兵衛が訊いた。

「昨夜、主人は店の裏手の別棟にいました。それで、朝まで押し込みが入ったことを知らなかったようです」

伊勢吉によると、店の裏手に別棟があり、主人の家族はそこで暮らしているという。別棟といっても、屋根のある渡り廊下で店と繫《つな》がっているそうだ。

「いまも、家にいるのだな」

「は、はい、先ほどまで店にいたのですが、疲れたらしく、家にもどったようです」

伊勢吉によると、主人の名は嘉兵衛《かへえ》で、すでに還暦《かんれき》にちかい老齢だという。

「手間をとらせたな」

そう言って、桑兵衛は伊勢吉の前から離れた。唐十郎は、桑兵衛からすこし間をとってついてきた。

桑兵衛は他の奉公人からも話を聞いたが、あらたなことは分からなかった。ほとんどの奉公人が賊が侵入したころ眠っていて、朝になって気付いたようだ。

桑兵衛は店内にいた滝川に店を出ることを伝えると、弐平と弥次郎に声をかけ、唐十郎を連れて店から出た。

店の戸口からすこし離れたところで、桑兵衛は足をとめ、

「何か知れたか」

と、弐平と弥次郎に顔をむけて訊いた。

「賊が、ひとり増えたかもしれません」

弥次郎が言った。

「どういうことだ」

「手代のひとりから聞いたのですが、昨夜、廊下の足音で目を覚まし、足音が店の方にむかったので、足音を忍ばせて行ってみたそうです。そのとき、帳場近くに五人いたようです。ただ、五人とも賊かどうか、はっきりしなかったようです。……ひとりは番頭さんかもしれないとのことでした」

弥次郎が、首を捻《ひね》りながら言った。

「番頭ではなく、帳場にいた手代の茂次郎を賊のひとりと見たのかもしれん」

帳場の辺りは暗かったので、だれがいたのかはっきりしなかったのだろう、と桑兵衛は思った。

そのとき、黙って桑兵衛と弥次郎のやりとりを聞いていた弐平が、

「これまでの押し込みと、様子がちがうようですぜ」

と、首を捻りながら言った。

桑兵衛も、福富屋や松島屋に押し入った賊とちがうところがある、とみていたが、

「どう、ちがうのだ」

と、訊いた。

「平気で、店の者を殺していやす。番頭も手代の茂次郎も、おとなしくしてたのに斬られたようでさァ」

「弐平の言うとおりだ」

桑兵衛は、盗賊が凶悪になったような気がした。松島屋で手代の吉之助と奉公人を斬ったこともあり、奉公人を斬ることに躊躇《ちゅうちょ》しなくなったのかもしれない。

7

狩谷道場で、桑兵衛、唐十郎、弥次郎の三人が、それぞれ居合の独り稽古をしていた。独り稽古は、敵が近くにいると想定して、小宮山流居合の様々な技を遣うのである。

門弟たちの稽古を終えた後、桑兵衛が、「敵を盗賊とみて、抜いてみろ」と唐十郎と弥次郎に指示したのだ。

小宮山流居合には、敵がひとりの場合だけでも、正面で対峙したとき、擦れ違ったとき、左手、あるいは右手から来たときなど様々な場面を想定した技があった。

桑兵衛たちは道場内の離れた場所に立ち、敵のいる場や人数などを脳裏に描いて抜き付ける稽古をつづけていた。

道場で独り稽古を始めて、小半刻（三十分）ほど経ったろうか。道場の戸口で足音がし、

「道場に、入《へえ》りやすぜ」

と、弐平の声がした。いつもと違って、声を殺している。

弐平は足音をたてないように道場に入ってきた。桑兵衛たち三人は、手にした刀を鞘に納めて、弐平に身を寄せた。

「どうした、弐平」

桑兵衛が訊いた。

「道場を見張っている二本差しがいやしたぜ」

弐平が声をひそめて言った。

「どこにいた」

「この先の下駄屋の陰《かげ》でさァ」

弐平によると、小袖に袴姿の武士が下駄屋の脇に立ち、だれかを待っているような振りをして、道場に目をやっていたという。

「盗賊一味だな」

桑兵衛が顔を厳しくして言った。

「どうやって、賊はおれたちがこの道場にいることを知ったのだ」

弥次郎が不審そうな顔をした。

「居合だ。福富屋からの帰りに、盗賊一味に襲われたことがあったな。そのとき、おれと唐十郎は居合を遣った。……居合の道場は、江戸でもそうないからな。ここに、目をつけたとしても不思議はない」

「父上、どうします」

唐十郎が緊張した面持ちで訊いた。

「きゃつらは、この道場を見張り、おれたちの動きをみて襲う気ではないか」

「厄介《やっかい》なことになりました」

弥次郎が、顔をしかめて呟いた。

次に口をひらく者がなく、道場内は重苦しい沈黙につつまれたが、

「敵がその気なら、逆手にとろう」

桑兵衛が声高に言った。

「どんな手です」

弥次郎が訊いた。

「逆に、道場の様子をうかがっている男の跡を尾《つ》けて行き先をつきとめるのだ」

桑兵衛が言うと、唐十郎が真っ先にうなずいた。

「多勢で行くと、跡を尾けていることを気付かれる恐れがある。おれと弐平とで跡を尾けて、行き先をつきとめる。相手に気付かれないように、弥次郎と唐十郎はこのまま居合の稽古をつづけてくれ」

桑兵衛が、弥次郎と唐十郎に言った。弥次郎がうなずき、唐十郎も遅れて首肯《しゅこう》した。

弥次郎と唐十郎が居合の稽古を始めると、桑兵衛は弐平を連れ、道場の裏手から母屋にもどった。

桑兵衛は小袖にたっつけ袴姿に着替え、網代笠《あじろがさ》を手にして母屋から出てきた。旅装の武士のような身装《みなり》である。

「笠をかぶれば、おれと分かるまい」

桑兵衛は弐平とふたりで、道場の脇を通って路傍の樹陰《こかげ》に身を隠した。

「旦那、まだいやす、下駄屋の脇に」

弐平が通りの先を指差して言った。

見ると、下駄屋の脇に、武士がひとり立っていた。道場の方に顔をむけている。遠方なのではっきりしないが、小袖に袴姿の若い武士のようだった。

「道場の様子をうかがっているようだ。おれたちが出て来るのを待っているのかもしれん」

「気付かれねえように近付いて、取り押さえやすか」

弐平が提案した。

「いや、あの男の行き先をつきとめよう。仲間の居場所へもどるかもしれん。居所が分かれば、いつでも捕らえられるからな」

桑兵衛は、若い武士が盗賊のひとりなら、仲間のところへもどるとみたのだ。

桑兵衛と弐平がその場に身を隠して、いっときすると、道場内の稽古の音がやんだ。弥次郎と唐十郎が、稽古をやめたようだ。ふたりは道場内で、外の様子をうかがっているのかもしれない。

稽古の音がやんで、小半刻も経ったろうか。若い武士が、下駄屋の脇から通りに出た。そして、道場の方に目をやった後、踵《きびす》を返して歩きだした。張り込みをやめて塒《ねぐら》に帰るのか。それとも、仲間たちのいる場にもどるのか。いずれにしろ、跡を尾ければ、若い武士が何者か知れるだろう。

「尾けるぞ」

桑兵衛は通りに出た。

先に弐平が歩き、桑兵衛はすこし間をとって、弐平の跡を尾けることにした。若い武士が振り返って見ても、弐平なら不審を抱かれないだろう。

若い武士は、神田川にかかる和泉橋を渡り、柳原通りをしばらく西にむかって歩いてから、左手の通りに入った。その辺りは、平永町《ひらながちょう》である。

若い武士は平永町、三島町《みしまちょう》と歩き、松田町《まつだちょう》に入った。そして、松田町に入って間もなく表通りから右手の路地に足をむけた。

前を行く弐平が、走りだした。若い武士の姿が見えなくなったからだろう。桑兵衛も走った。

弐平は、路地の角に足をとめた。路地の先に目をやっている。

桑兵衛が近付くと、

「旦那、あそこ」

弐平が路地の先を指差した。

若い武士は、一町ほど先に立っていた。民家とは違う古い建物の戸口である。武士は、路地の左右に目をやってから、建物のなかに入った。

「剣術の道場みてえだ」

弐平が言った。

「確か、一刀流の青柳《あおやぎ》道場だ。二年ほど前から稽古はやっていないと聞いたがな」

桑兵衛は、初めて見る道場だが、この辺りに一刀流の青柳泉九郎《せんくろう》の道場があると聞いていた。ただ、江戸には他にも一刀流の道場があり、しかも青柳道場は稽古に支《し》障《しょう》をきたすほど老朽化《ろうきゅうか》したこともあって、二年ほど前から稽古はやっていないと聞いたような気がした。

「様子を見てみやすか」

「そうだな」

桑兵衛と弐平は、通行人を装い、すこし間をとって歩いた。

その一帯には、八百屋、下駄屋、煮染屋《にしめや》など、町人の暮らしに必要な物を売る店がまばらに並んでいた。民家だけで、武家屋敷はなかった。寂しい地で、空き地や笹藪《ささやぶ》なども目についた。

桑兵衛は道場の前まで行くと、すこし歩調をゆるめた。古い道場だった。道場の板壁が、所々剝《は》げ落ちていた。戸口の庇《ひさし》も、朽《く》ちて垂れ下がっている。

……誰かいる！

道場内から、かすかに人声が聞こえた。

武士が話していることは分かったが、話の内容は聞き取れなかった。桑兵衛は道場の前を通り過ぎ、半町ほど歩いてから足をとめた。

路傍に立って待つと、弐平が足早に近付いてきた。

「旦那、道場のなかから話し声が聞こえやしたぜ」

弐平が言った。

「おれも、話し声を聞いたぞ。道場主の青柳が、若い武士と話していたのではないか」

桑兵衛は道場内から、「お師匠」と呼ぶ声を聞き取ったのだ。

「だれが話してたのか分からねえが、この道場、盗人一味の隠れ家《かくが》かもしれねえ」

弐平が昂った声で言った。

「隠れ家と決め付けられんが、探ってみねばならんな」

桑兵衛も、盗賊一味は武士集団で、腕のたつ者もいることから、青柳道場と何かかかわりがあるような気がした。

第三章　剣術道場

1

桑兵衛、唐十郎、弥次郎の三人は、小袖に袴姿で大小を腰に帯びた。ふだんと変わらない身装《みなり》だが、網代笠をかぶって顔を隠した。これから松田町に行き、青柳道場を探るつもりだった。

道場を出て和泉橋のたもとまで行くと、弐平が待っていた。弐平も、ふだん町を歩いているときと同じ格好である。

桑兵衛たちは、神田川にかかる和泉橋を渡り、柳原通りに出てから平永町に入った。そして、表通りを松田町にむかって歩き、青柳道場のある路地に入った。いっとき歩いて遠方に道場が見えてきたところで足をとめ、桑兵衛が、

「あれが、青柳道場だ」

と言って、指差した。

「この道場は、つぶれたと聞きましたよ」

弥次郎が言った。

「おれも、それらしい噂は聞いているが、道場主の青柳は住んでいるようだ。おそら

く、裏手に住まいがあるのだろう。それに、門弟らしい男も出入りしているようだぞ」

桑兵衛は、道場に目をやったまま言った。

「どうしやす」

弐平が訊いた。

「ここで、別々になって青柳道場のことを聞き込んでみよう。盗賊とかかわりがあることが出てくるかもしれん」

「承知しやした」

弐平が言うと、唐十郎と弥次郎がうなずいた。

「道場からすこし離れた場所で、訊いた方がいいな。おれたちが道場を探っていることを、青柳たちに知られたくない」

青柳が盗賊とかかわっていて、桑兵衛たちに探られていることを知れば、道場から姿を消す、と桑兵衛はみたのだ。

桑兵衛たちは、半刻（一時間）ほどしたら、この場に集まることにして別れた。

ひとりになった桑兵衛は来た道を引き返し、表通りに出た。路地沿いに、道場主や門弟たちが立ち寄りそうな店が見当たらなかったからだ。

桑兵衛は表通りを歩き、そば屋に目をとめた。小体《こてい》な店だが、稽古帰りの門弟が立ち寄りそうな店だった。

桑兵衛は、そば屋の暖簾《のれん》をくぐった。土間の先が、すぐに小上がりになっていた。隅で、職人ふうの男がふたり、そばを手繰《たぐ》っている。

「いらっしゃい」

すぐに、小女《こおんな》が近付いてきた。色の浅黒い十六、七と思われる女である。

「そばを頼む。……ちと、訊きたいことがあるのだがな」

桑兵衛は、店にきた客と接している小女に訊いてみようと思った。

「なんですか」

「この先に剣術道場があるな」

「は、はい」

「いま、道場は閉じているようだが、ひらいているときは、門弟がここに立ち寄ることがあったのではないか」

「はい、昼頃になると、何人も見えました」

小女が、笑みを浮かべた。

「道場は閉じたままだが、道場主や門弟が出入りしていると聞いてな。近いうちに、道場をひらくのではないかと、思ったのだ。……いや、倅に剣術でも習わせようと思ってな。道場をひらくなら、倅を他の道場に入門させずに、待つつもりなのだ」

桑兵衛は、ちかいうちに道場をひらくという話は聞いていなかったが、道場主の青柳のことを探るために、そう訊いたのだ。

「わたしも、ちかいうちに道場をひらくと聞きましたよ。道場が古くなったので、建て直すそうですよ」

小女が言った。

「建て直すのか！」

桑兵衛の声が大きくなった。

小女は、戸惑うような顔をして立っている。

「何か金蔓《かねづる》でもつかんだかな。道場を建て直すには、大変な金がいるからな」

桑兵衛は、それとなく金のことを持ち出した。

「わたし、お金のことは、何も聞いてません」

そう言い残し、小女は慌てた様子で板場へもどった。

桑兵衛は小上がりに腰を下ろし、とどいたそばを手繰ってから店を出た。そして、唐十郎たちと別れた場所にもどると、唐十郎と弥次郎が待っていた。まだ、弐平の姿はなかった。三人がその場でいっとき待つと、弐平が慌てた様子でもどってきた。

「すまねえ、旦那方を待たせちまった」

弐平が、荒い息を吐きながら言った。

「弐平、何か知れたか」

さっそく、桑兵衛が訊いた。

「へい、道場ですがね。近いうちに、建て直す普請《ふしん》が始まるそうですぜ」

弐平は、通りかかった左官から話を聞いたという。

「おれも、そば屋で同じようなことを耳にしたぞ」

桑兵衛が言った。

弥次郎と唐十郎は、黙って桑兵衛と弐平のやりとりを聞いている。

「道場主の青柳は、どうやって道場を建て直す金を工面《くめん》したのか」

桑兵衛が小声で言った。

「青柳が、商家に押し入って奪った金かもしれません」

唐十郎が、身を乗り出すようにして言った。

「おれも、そうみるが、腑《ふ》に落ちないこともある」

桑兵衛は首を捻った。

「何が、腑に落ちねえんです」

　弐平が訊いた。

「盗賊が奪った金のことだ。考えてみろ、盗賊はこれまで大店に押し入って、何千両もの大金を強奪《ごうだつ》しているのだぞ。剣術道場を建て直すのに、それほどの金は必要あるまい。それに、盗賊は五人だ。道場主が己の道場を建て直すための金を手に入れようとして、ひとりで盗みを働いたのなら分かる。だが、門弟たちが道場のために、そんな危ない橋を渡るとは思えないな」

「そうかもしれねえ」

　弐平が肩を落として言った。

「ただ、道場主の青柳が盗賊一味にかかわっていたのは、まちがいないような気がする」

　桑兵衛はそう言った後、すこし間を置いて、

「もうすこし、青柳道場を探ってみるか」

　と、その場に集った男たちに目をやって言った。

2

唐十郎と弥次郎が、道場内で居合の稽古をしていると、戸口で「頼もう!」という男の声が聞こえた。

「見てきます」

すぐに、唐十郎が戸口にむかった。

いっときすると、唐十郎が徒目付の滝川と久保を連れて、道場内に入ってきた。

「稽古でござるか」

滝川が弥次郎に目をやって訊いた。

「若師匠とふたりで、始めたところです」

弥次郎はそう言った後、「何か、ありましたか」と声をひそめて訊いた。

「いや、狩谷どのやそこもとに、お伝えしておきたいことがあって来たのだ」

滝川が言うと、すぐに唐十郎が、

「父上を呼んできます」

と言って、道場の裏手にむかった。そして、裏手の戸をあけ、外へ出た。母屋にいる桑兵衛を呼びにいったのである。

しばらくすると、唐十郎が桑兵衛を連れてもどってきた。

「ともかく、腰を下ろしてくれ」

桑兵衛が四人に腰を下ろさせ、道場の床に車座になった。

「何か、あったのか」

すぐに、桑兵衛が切り出した。

「実は、盗賊のひとりが、浮かんできたのだ」

滝川が、桑兵衛、唐十郎、弥次郎の三人に目をやって言った。

「何者だ」

桑兵衛が訊いた。

「御納戸頭の青木与左衛門の名を聞いておられようか」

滝川が言った。

「聞いている。青木どのの配下のひとりが、盗賊の仲間らしいという話を聞いた覚えがある」

桑兵衛は、御徒目付組頭の大原家に仕える横山の切腹の介錯をした後、道場に姿を見せた用人の小峰から、御納戸頭の青木与左衛門の配下の者が、盗賊のひとりらしいという話を聞いていたのだ。

「よく知っているな。……青木与左衛門の配下の御納戸同心、市谷橋之助《いちやはしのすけ》が盗賊のひとりらしいのだ」

滝川によると、市谷はほとんど出仕しないという。

御納戸同心は、御納戸頭に指示され、将軍の保有する衣類や調度の整理や警護などをしているという。軽格の身で、三十俵三人扶持《ぶち》から十五俵二人扶持までいるそうだ。

ちなみに、御納戸頭は七百石高で、仕事は将軍の手元にある金銀、衣類、調度などの出納《すいとう》を司《つかさど》ったり、将軍の下賜品《かしひん》を取り扱ったりする役柄である。

「市谷という男の身辺を探ったのか」

桑兵衛が訊いた。

「探った。市谷は登城はしないが、屋敷を出ることは多いようだ」

「市谷が、剣術道場に通っていたことはないか」

桑兵衛は、市谷と一刀流青柳道場との繋がりを疑ったのだ。

「噂は聞いたことがある」

「どこの道場か、分かるか」

「たしか、一刀流の道場と聞いたような気がするが……」

滝川が首を捻りながら言うと、

「一刀流の青柳道場ですよ」

脇に座していた久保が言い添えた。

「やはり、青柳道場か」

桑兵衛がうなずいた。

「青柳道場のことで、何かつかんだのか」

滝川が訊いた。

「実は、この道場を見張っている者がいてな。そやつの跡を尾けたら、青柳道場に入ったのだ。それで、道場を探ってみると、ちかごろ道場を建て直そうとしていることが知れた。建て直す金は、商家に押し入って奪ったものではないかと睨んでいるが、はっきりしたことはまだ分からない」

桑兵衛は、これまでの経緯《いきさつ》をかいつまんで話した。

「その青柳道場に市谷が出入りしていることからみて、青柳道場が盗賊たちの巣かもしれんぞ」

滝川が昂った声で言うと、

「青柳道場を襲って、青柳と市谷を捕らえるか」

久保が身を乗り出した。

「青柳道場を襲うのも手だが、おれには気になっていることがあるのだ」

桑兵衛が、滝川と久保に目をやった。

「何が気になっているのだ」

「いや、盗賊一味が奪った金だ。これまで、福富屋、松島屋、村田屋の三店に押し入り、何千両もの大金を手にしている。剣術道場を建て直すのに、それほどの大金はいらないはずだ。それに、道場を建て直すために、何人もの門弟が盗賊にくわわったとは思えない」

桑兵衛は、胸の内にあった疑念を話した。

「奪った金は、道場を建て直すことの他にも使われるということだな」

滝川が言った。

「何に使われるか分かれば、何人の武士が盗賊にくわわったかもはっきりする」

「それに、一味の黒幕が見えてくるはずだ」

「ただ、道場主の青柳と市谷がいっしょにいるところを襲うのはむずかしいぞ。それに、まだ青柳と市谷のことしか分かっていないからな」

桑兵衛が言うと、それまで黙って聞いていた弥次郎が、

「この道場を見張っていた門弟を捕らえて、話を訊いたらどうです」

と、身を乗り出して言った。

「そうするか」

桑兵衛も、もうすこし青柳道場に出入りしている者のことをつかんでから道場に踏み込んだ方がいいと思った。

3

桑兵衛、弥次郎、滝川、久保の四人は、松田町の青柳道場のある路地に来ていた。唐十郎の姿はなかった。桑兵衛は、門弟ひとりを捕らえるのに、それほどの人数はいらないとみて、唐十郎が不服そうにしているのを知りながら道場に残してきたのだ。

桑兵衛たちは路傍の樹陰に身を隠し、青柳道場に目をむけていた。

「門弟は出てくるかな」

滝川が言った。

「出てくるはずだ。道場に寝泊まりしているはずはないからな」

桑兵衛たちは、すこし前に通行人を装って道場の前まで行き、なかで道場主の青柳とふたりの門弟が話しているのを耳にしていた。

道場のなかから聞こえた会話のなかで、「お師匠」と呼ぶ門弟の声があったのだ。門弟が、ふたりいることも知れた。別の声が、聞こえたからである。

「もう出てきてもいいころだがな」

桑兵衛が言った。

桑兵衛たち四人が、この場に身をひそめてから一刻（二時間）ほども経つ。陽は、西の空にまわっていた。

路地に西日が射していた。辺りに人影はなく、ひっそりとしている。近くに雀がいるらしく、その鳴き声が妙に大きく聞こえた。

「出てきた！」

弥次郎が身を乗り出して言った。

見ると、道場からふたりの武士が出てきた。若侍である。ふたりとも小袖に袴姿で、大小を帯びていた。道場内で、青柳と話していたふたりの門弟であろう。

ふたりの若侍は、何やら話しながら桑兵衛たちが身をひそめている方へ歩いてくる。

「ふたりだぞ。どうする」

滝川が、ふたりの若侍を見つめながら言った。

「ふたり、捕らえるしかないな」

桑兵衛がそう言ったとき、ふたりの若侍は足をとめた。そして、何やら声を掛け合った後、ひとりの若侍が左手の細い路地に入った。行き先がちがうようだ。残ったひとりは、桑兵衛たちの方へ歩いてくる。

「こちらに来るのは、おれの道場を探っていた男だ」

桑兵衛が、若侍を見つめながら言った。

若侍は、足早に近付いてくる。都合のいいことに、近くに通行人の姿はなかった。一町（約一〇九メートル）ほど遠方に、人影があるだけである。

「手筈《てはず》どおりだ」

桑兵衛が言うと、その場にいた三人がうなずいた。

若侍が桑兵衛たちの前に近付いたとき、

「いくぞ！」

と、桑兵衛が小声で言い、樹陰から飛び出した。同時に、弥次郎が若侍の右脇に、滝川と久保は若侍の背後にまわり込んだ。

ギョッ、としたように、若侍はその場に立ちすくんだ。だが、すぐに桑兵衛と分かったらしく、

「狩谷道場の者か！」

と叫びざま、刀の柄に手をかけた。立ち向かう気らしい。

桑兵衛も、刀を抜いた。若侍を峰打ちで仕留めるつもりだったので、居合は遣えなかった。刀身を峰に返すには、抜刀してから持ち替えねばならない。ただ、抜刀した後でも居合の呼吸で刀をふるうことはできる。

桑兵衛は刀の柄を右手だけで持ち、切っ先を背後にむけて左脇につけた。刀を差しているのと同じ位置である。この体勢から、居合の呼吸で峰打ちにするのだ。

ふたりの間合は、三間ほど——。桑兵衛は遠間から踏み込んで、一太刀みまうつもりだった。

若侍は、桑兵衛が刀を手にしたのを見ると、周囲に目をやった。逃げ場を探したらしい。だが、逃げ場はなかった。久保が背後から若侍の左脇にまわったので、四方を取り囲まれたのだ。

「おのれ！」

叫びざま、若侍は刀を振り上げて踏み込んできた。間合を狭めて桑兵衛に斬りつけ

ようとしたのだ。

刹那、桑兵衛の体が躍《おど》った。素早い動きで踏み込みざま、刀身を横に払った。小宮山流居合の入身迅雷である。

桑兵衛の刀身が、若侍の腹を強打した。

若侍は刀を振り上げただけで、何もできなかった。呻《うめ》き声を上げ、その場にうずくまった。

そこへ、滝川、久保、弥次郎の三人が走り寄った。

「縄をかけてくれ」

桑兵衛が言った。

すると、滝川たち三人が若侍の両腕を後ろにとり、用意した細引で縛《しば》った。若侍は苦しげな呻き声を上げ、滝川たちのなすがままになっている。

「道場に連れていくぞ」

桑兵衛が滝川たちに言った。

その場で若侍から話を聞くわけにはいかなかったので、狩谷道場に連れていくことにしていたのだ。

滝川が若侍に猿轡をかますと、四人は人影のすくない路地や新道をたどって狩谷道場にむかった。

桑兵衛たちは青柳道場の者に見つからぬよう注意していたが、青柳道場の戸口から桑兵衛たちの後ろ姿に目をやっている男がいたことには気づかなかった。男は大柄で、どっしりとした腰をしていた。道場主の青柳である。

青柳は、ふたりの若侍を送り出した後、近所の一膳めし屋にでもいって一杯やるつもりで道場から出てきた。そのとき、桑兵衛たちの姿を目にしたのだ。

……岩田《いわた》を捕らえたのは、狩谷道場のやつらだな。

そうつぶやくと、青柳は足早に表通りの方にむかった。

4

狩谷道場のなかに燭台《しよくだい》の火が点《とも》っていた。道場内にいる桑兵衛たちの姿を闇のなかに浮かび上がらせている。

桑兵衛たちは、捕らえてきた若侍を取り囲むように立っていた。唐十郎の姿もあった。母屋にいた唐十郎を道場に呼んだのである。

後ろ手に縛られた若侍の前に立ったのは、桑兵衛だった。燭台の火が桑兵衛の顔を横から照らし、闇のなかに鬼の顔のように浮かび上がらせていた。

「おぬしの名は」

桑兵衛が若侍を見つめて訊いた。

「……」

若侍は無言だった。蒼《あお》ざめた顔で、身を顫《ふる》わせている。

「名は」

桑兵衛が語気を強くした。

「岩田弥之助《やのすけ》」

武士が小声で名乗った。

「青柳道場の門弟か」

「そうだ」

岩田は隠さなかった。もっとも、すでに門弟であることは桑兵衛たちに知られていると思ったのだろう。

「この道場を探っていたな」

桑兵衛が、訊いた。

岩田は口をとじたまま、ちいさくうなずいた。

「なぜ、探っていた。盗みにでも、入る気だったのか」

「ちがう」

岩田が語気を強くして言った。

「では、なぜ、この道場を探っていた」

「狩谷道場の者は居合を遣い、一刀流の道場を憎んでいる。何をするか分からないので、何日か道場の様子を見るよう、師匠に頼まれたのだ」

「なぜ、おぬしに頼んだのだ。青柳道場には、他の門弟もいただろう」

「顔を知られていない岩田に頼む、と師匠に言われたのだ」

「そうか」

岩田は盗賊一味ではないようだ、と桑兵衛は思った。

桑兵衛が岩田の前から身を引くと、替わって滝川が立ち、

「近いうちに、青柳道場を建て直すそうだな」

と、岩田を見すえて訊いた。

「そう聞いている」

岩田は隠さなかった。

「その金は、どこから出るのだ」

「おれは、金がどこから出るか、聞いてない。……ただ、お師匠は金の工面はついているので、近いうちに普請を始めると話しておられた」

「その金は、商家に押し入って得た金ではないか」

滝川の双眸《そうぼう》に射るような強いひかりが宿っている。

「……！」

岩田は、息を呑《の》んだ。

そのときだった。道場の戸口に走り寄る何人もの足音が聞こえた。そして、荒々しく板戸があけられた。土間に踏み込んでくる足音がし、「いるぞ！」「灯が見える」などという男の声が聞こえた。

「道場に押し入ってくるぞ！」

滝川が叫んだ。

「大勢だ！」

桑兵衛は、踏み込んできた足音から、すくなくとも五、六人はいるとみた。

足音は土間でとまり、すぐに道場の板戸があけられた。燭台の火のかすかな明かりのなかに、数人の男の姿が見えた。武士であることは分かったが、顔がはっきりしないので何者か分からない。

「あそこだ！」

「狩谷たちがいるぞ！」

男たちの声が聞こえた。

桑兵衛たちの近くに燭台があったので、押し込んできた男たちには桑兵衛たちの姿が見えたのだろう。

……青柳道場の者だ！

と、桑兵衛は察知した。岩田が捕らえられたことを知って、助けに来たにちがいない。

「逃げろ！　裏手へ」

桑兵衛は、その場にいた唐十郎や滝川たちに声をかけた。侵入者たちと闘っても、後《おく》れをとるようなことはない、と桑兵衛はみた。だが、闇のなかで大勢で斬り合えば、味方の何人かは犠牲になる。桑兵衛は、この場にいる味方のひとりも死なせたくなかったのだ。

「こっちだ！」

桑兵衛が先に立って、裏手に出る戸をあけて外に飛び出した。唐十郎や滝川たちが後につづいた。

道場に踏み込んできた青柳道場の者たちは、道場内から出てこなかった。

そのとき、道場内からくぐもったような呻き声が聞こえた。踏み込んできた者同士が、敵と間違えて斬ってしまったのだろうか。

……引け！

という声が、道場内から聞こえた。声の主は青柳かもしれない。

つづいて、戸口の方へむかう何人もの足音が聞こえた。青柳道場の者たちは、捕らえられていた岩田を助け、道場から引き上げていくらしい。いっときすると、道場内から人声も足音も聞こえなくなった。

「門弟たちは、引き上げたようだ」

そう言って、桑兵衛は裏手の戸をあけて道場内に入った。

燭台の火は、点っていた。ぼんやりと、辺りを照らし出している。

「だれか、倒れている！」

唐十郎が声を上げた。

燭台の灯のなかに、道場の床に横たわっている男の姿が見えた。薄闇のなかに、ぼんやりとひとの姿が見えるだけで、何者か分からなかった。

桑兵衛たちは道場に入ると、唐十郎が燭台を手にして倒れている男に近付けた。

「岩田だ!」

滝川が驚いたような顔をして言った。

「きゃつら、岩田を助けにきたのではない。殺しにきたのだ」

桑兵衛が顔をしかめて言った。

5

道場のなかほどに置かれた燭台のそばに、桑兵衛、唐十郎、滝川、久保、弥次郎の五人の顔が浮かび上がっていた。五人とも、厳しい顔をしていた。道場内には、血の臭いがただよっている。

「仲間でもない門弟を利用した揚《あ》げ句《く》、口封じのために殺すとは……」

桑兵衛が顔をしかめて言った。

「だが、これで、青柳が盗賊にかかわっていることがはっきりしたな。それに、青柳の他に、門弟のなかにも盗賊仲間がいるとみていい」

滝川が言った。

「青柳道場を見張って、盗賊仲間らしい門弟を捕らえるか」

　桑兵衛が訊いた。

「それもいいが、別の手がある」

　滝川がその場にいる男たちに目をやって言った。

「別な手とは」

「御納戸同心の市谷橋之助だ。市谷は盗賊のひとりとみている。市谷は登城しないのに、屋敷を出ることが多いのだ。仲間と会っているのではないかな」

「市谷を尾けて、仲間の居所を探るのか」

「そうだ」

「よし、市谷を尾けてみよう」

　桑兵衛も、市谷の跡を尾ければ、他の盗賊仲間の居所が知れるのではないかと思った。それに、これまでに商家から奪った金が、道場の普請以外にどう使われるのか分かるかもしれない。

「ただ、市谷の尾行に、大勢であたることはないぞ」

　滝川が言った。

「おれと、滝川どの、それに久保どのの三人で十分だな。市谷の跡を尾けて盗賊仲間の居所が知れれば、弥次郎や唐十郎の手を借りることになろう。弥次郎と唐十郎には、岩田の死体を頼む。居合の稽古中に命を落としたことにしておけ」

桑兵衛が、弥次郎と唐十郎に目をやって言った。唐十郎は唇を引き結んでうなずいた。


翌朝、桑兵衛はひとりで道場を出ると、和泉橋にむかった。橋のたもとで、滝川と久保のふたりと待ち合わせていたのだ。

桑兵衛は、羽織袴姿で二刀を帯びていた。御家人か江戸勤番の藩士のような身装である。桑兵衛が和泉橋のたもとまで行くと、滝川と久保はすでに待っていた。ふたりも羽織袴姿で、二刀を帯びている。

「待たせたか」

桑兵衛が、ふたりに声をかけた。

「いや、おれたちも来たばかりだ」

滝川が、「市谷の屋敷は、本郷《ほんごう》にある」と言って歩きだした。

桑兵衛たちは、神田川沿いの道を西にむかって歩いた。いっとき歩くと、前方に神田川にかかる昌平橋《しょうへいばし》が見えてきた。橋のたもとを大勢のひとが行き来している。そこは中山道《なかせんどう》でもあり、旅人や駄馬を引く馬子《まご》たちの姿も目についた。

桑兵衛たちは昌平橋のたもとに出ると、中山道を北にむかった。しばらく歩くと、湯島《ゆしま》の聖堂が街道の左手に見えてきた。街道は聖堂の裏手につづいている。

桑兵衛たちは聖堂の裏手を過ぎ、さらに街道を北にむかった。右手前方の武家屋敷の甍《いらか》のつづく先に、加賀《かが》百万石の上屋敷が見えてきた。

加賀藩の上屋敷の手前まで来ると、

「こっちだ」

そう言って、滝川が街道の左手にあった笠屋の脇の路地に入った。その辺りは、本郷二丁目である。

路地をいっとき歩くと、武家地に出た。路地沿いに、小身の旗本や御家人の屋敷がつづいている。

滝川は、築地塀《ついじべい》で囲まれた旗本屋敷の前で足をとめ、

「そこに、松の木があるな。その先にあるのが、市谷の屋敷だ」

と、指差して言った。

通り沿いで、太い松が枝を伸ばしていた。その松の先に、板塀をめぐらせた屋敷があった。木戸門が、しまっていた。軽格の御家人の屋敷らしい粗末《そまつ》な造りである。

「どうする」

桑兵衛が訊いた。

「ここに身を隠して、市谷が姿をあらわすのを待つか」

滝川によると、市谷は四ツ（午前十時）ごろ、屋敷を出ることが多いという。

桑兵衛が東の空に目をやると、陽はだいぶ高くなっていた。いっときすれば、四ツになるのではあるまいか。

「待とう」

桑兵衛が同意した。

桑兵衛たち三人が築地塀の陰に身を隠してから、小半刻（三十分）も経ったろうか。木戸門から、武士がひとり出てきた。羽織袴姿で二刀を帯びている。

「市谷だ！」

滝川が武士を見すえて言った。

市谷は門から出ると、桑兵衛たちに背をむけて歩きだした。

「尾けるぞ」

滝川が先に築地塀の陰から出た。

桑兵衛と久保はすこし間をとって、滝川の後から歩いていく。市谷が背後を振り返って、滝川や桑兵衛たちの姿を目にしても通行人だと思うだろう。

しばらく歩くと、前方に水戸《みと》家の屋敷が見えてきた。市谷は水戸家の屋敷が近付いたところで、右手の通りに入った。

滝川が走りだした。市谷の姿が見えなくなったからだろう。後続の桑兵衛と久保も走った。

滝川は右手に入る通りの角に立って、通りの先に目をやっていた。桑兵衛が滝川に近付くと、

「市谷だ」

そう言って、滝川が通りの先を指差した。

市谷は一町ほど先の武家屋敷の門前に立っていた。大身《たいしん》の旗本の屋敷らしく、片番所付の長屋門だった。

いっときすると、長屋門の脇のくぐりがあいて若党らしい男が顔を出し、市谷をくぐりからなかに入れた。

6

「おれが、様子を見てくる」

そう言い残し、滝川は市谷が入った屋敷の表門にむかった。

桑兵衛と久保が路傍に立って待つと、滝川は表門を通り過ぎてから踵を返してもどってきた。そして、桑兵衛たちのいる場に来ると、

「市谷が入ったのは、御納戸頭の青木与左衛門の屋敷だ」

と、昂った声で言った。

滝川は旗本の青木を呼び捨てにした。青木は、滝川たちが盗賊のひとりとみている市谷の上司だった。しかも、市谷が屋敷に出入りしているのだ。滝川は、青木が盗賊とかかわりがあるとみているのだろう。

「青木も、盗賊とかかわりがありそうだな」

桑兵衛が念を押すように言うと、

「おれもそうみているのだ。……ただ、御納戸頭の青木が盗賊のひとりということは、あるまい」

滝川が、青木家の屋敷を見すえながら言った。

「どうする」

桑兵衛が訊いた。

「屋敷内に忍び込んで、青木と市谷の話を盗み聞きするわけにはいかないな。しばらく、様子をみるか」

滝川が小声で言った。

桑兵衛たちは、近くにあった旗本屋敷の築地塀の陰から青木家の屋敷を見張ることにした。

市谷は、なかなか出てこなかった。桑兵衛たちが痺《しび》れをきらしてきたとき、表門の脇のくぐりがあいた。

「出てきたぞ！」

滝川が声を上げた。

くぐりから姿を見せたのは、市谷ひとりだった。市谷は表門の前で、通りの左右に目をやってから桑兵衛たちのいる方に歩きだした。

桑兵衛たちは築地塀に身を寄せ、通りから見えないようにした。市谷は桑兵衛たちのそばを通り過ぎ、来た道をもどっていく。

桑兵衛たちは、市谷が一町ほど遠ざかってから通りに出た。そして、来たときと同じように滝川が先にたち、桑兵衛と久保はすこし間をとって歩いた。

桑兵衛たちが、青木家の屋敷から一町ほど遠ざかったときだった。表門のくぐりからふたりの武士が、姿を見せた。

ひとりは、長身瘦軀《そうく》の武士だった。盗賊のひとりで、悲笛の剣を遣う男である。もうひとりは、若い武士だった。この武士は、以前狩谷道場に踏み込んできたことがある。

長身瘦軀の武士が、桑兵衛たちの後ろ姿に目をやりながら、

「林田《はやしだ》、屋敷から三人連れてきてくれ。あやつらを始末してしまおう」

と、若い武士に声をかけた。若い武士の名は、林田らしい。

林田は反転し、すぐにくぐりから屋敷内に入った。いっときすると、林田は三人の武士を連れてもどってきた。青木家に仕える若党らしい。

桑兵衛たちの姿は、通りの先にちいさくなっていた。

「急げ！」

長身瘦軀の武士が声をかけた。五人の武士は、桑兵衛たちの後を追って走りだした。

一方、桑兵衛、滝川、久保の三人は、前を行く市谷の跡を尾けていた。市谷は武家屋敷のつづく通りを中山道の方にむかって歩いていく。

桑兵衛は、歩を速めて前を行く滝川に追いつき、

「街道に出る前に、市谷を押さえないか」

と、声をかけた。人通りの多い中山道に入ると、市谷を取り押さえるような場はないとみたのである。

「承知した」

滝川が足を速めた。桑兵衛と久保は、滝川についていく。

このとき、背後から来る五人の武士も、足を速めていた。五人は桑兵衛たちに迫っていたが、桑兵衛たちは前を行く市谷に気をとられ、背後から近付いてくる五人の武士に気付かなかった。

桑兵衛たちは市谷との間が狭まると、走りだした。市谷に気付かれても追いつけるとみたのだ。

市谷が、足をとめて振り返った。背後から迫ってくる桑兵衛たちの足音を耳にしたようだ。市谷は驚いたような顔をして桑兵衛たちを見たが、その場から動かなかっ

た。顔の驚きが消え、薄笑いが浮いている。

桑兵衛たち三人は、市谷のそばまで来て足をとめた。そして、桑兵衛が市谷の背後にまわり込もうとしたとき、背後から走り寄る足音を耳にした。

「敵だ！」

桑兵衛が声を上げた。

五人の武士が、走ってくる。すでに、十間ほどに迫っていた。

「あやつら、青木家の屋敷にいたのだ」

滝川が声高に言って、桑兵衛のそばに走り寄った。久保も、滝川につづいた。

背後の五人の武士が、駆け寄ってくる。

「塀を背にしろ！」

桑兵衛が滝川たちに声をかけ、通り沿いにあった武家屋敷の築地塀に身を寄せた。背後からの攻撃を避けるためである。

桑兵衛、滝川、久保の三人は、築地塀を背にした。久保を中にし、桑兵衛と滝川が、両脇に立った。

そこへ、背後から来た五人の武士が走り寄った。市谷も、薄笑いを浮かべて近付いてきた。

桑兵衛の前に立ったのは、長身瘦軀の武士だった。面長で、細い目をしている。獲物を狙う蛇《へび》のような目である。

桑兵衛は長身の武士と対峙し、

……遣い手だ！

と、察知した。武士には隙がなく、身辺から異様な殺気を放射していた。

滝川の前には市谷が立ち、久保には背後から走り寄った若い武士が対峙した。他のふたりの武士は、滝川と久保の脇にまわり込んだ。

7

「名は」

桑兵衛が長身の武士に訊いた。

「名はない」

長身の武士が、嘯《うそぶ》くように言った。

「おぬし、商家に押し入った賊のひとりだな」

「問答無用！」

言いざま、長身の武士が抜刀した。

「やるしかないようだな」

桑兵衛は腰を沈めると、左手で鞘の鍔《つば》の近くを握って鯉口《こいぐち》を切り、右手を柄に添えた。居合の抜刀体勢をとったのである。

「居合か」

長身の武士が、低い声で言った。桑兵衛の身構えを見て、居合を遣うと察知したらしい。

……霞剣を遣う。

桑兵衛は、胸の内でつぶやいた。

小宮山流居合の奥伝三勢に、霞剣と呼ばれる技があった。居合の抜き付けの一刀は、迅いので見えにくい。それに加えて、霞剣は踏み込みざま下から逆袈裟に斬り上げるため、一瞬敵の視界からはずれて刀身が見えなくなるのだ。それで、霞剣と呼ばれている。

長身の武士は青眼に構えた。腰の据わった隙のない構えである。剣尖《けんせん》が、桑兵衛の目線につけられている。

ふたりの間合は、およそ三間――。まだ、一足一刀の斬撃の間境《まざかい》の外である。

「おぬし、できるな」

長身の武士はつぶやいた後、ゆっくりとした動きで脇構えにとった。そして、刀身を引いて切っ先を背後にむけた。刀身がほぼ水平になっているため、桑兵衛からは見えなかった。見えるのは、桑兵衛にむけられている柄頭だけである。

……この構えから、横に払うのか。

桑兵衛が胸の内でつぶやいたとき、喉を横に斬り裂かれて横たわっていた手代の吉之助の姿が脳裏をよぎった。

……この構えは、悲笛の構えだ！

と、桑兵衛は察知した。

桑兵衛は、長身の武士が、松島屋や村田屋に押し入った盗賊のひとりであることも確信した。

「松島屋に押し入って、奉公人の首を斬ったのは、おぬしだな」

桑兵衛が、長身の武士を見すえて言った。

「し、知らぬ」

長身の武士の顔に、動揺がはしった。

腰が高くなり、刀身を後ろに引いた構えがくずれた。この一瞬の隙を、桑兵衛がとらえた。

桑兵衛は無言のまま、すばやい寄り身で長身の武士に迫ると、
タアッ!

と、鋭い気合を発して抜き付けた。

下から逆袈裟に——。閃光が稲妻のように疾《はし》った。

咄嗟に、長身の武士は身を引いた。

長身の武士は驚愕《きようがく》に目を剝いていた。武士の小袖の右袖が薄く裂かれていたのである。武士は完全に身を引いたと思ったらしい。

「居合が抜いたか」

武士の口許《くちもと》に、薄笑いが浮いた。居合は抜刀してしまえば、遣えないとみたのであろう。武士はふたたび、刀身を引いて悲笛の剣の構えをとろうとした。

そのとき、桑兵衛はすばやい動きで、手にした刀を鞘に納めた。そして、ふたたび抜刀の構えをみせた。

桑兵衛は抜刀してから遣える刀法も身につけていたが、相手が遣い手なので、居合で立ち合うつもりになったのだ。

「逃げるのも、速いな」

武士が顔をしかめて言った。

「刀を鞘に納めるのも腕のうちだ」

桑兵衛は居合腰に構え、右手を柄に添えた。


そのとき、市谷が裂帛の気合を発して対峙していた滝川に斬り込んだ。

青眼の構えから袈裟へ——。

咄嗟に、滝川は市谷の刀身を受け、身を引きざま刀を横に払った。一瞬の太刀捌《たちさば》きである。

滝川の切っ先が、市谷の小袖を横に斬り裂いた。だが、血の色はなかった。滝川の切っ先がとらえたのは、市谷の袖だけだった。

「おのれ！」

市谷は目をつり上げて、ふたたび青眼に構えた。

このとき、滝川の左手にまわっていた武士が、甲走《かんばし》った気合を発して斬り込んできた。振りかぶりざま真っ向へ——。

滝川は武士に体をむけざま、刀身を袈裟に払った。一瞬の攻防だった。武士の切っ先は、滝川の胸元をかすめて空を切り、滝川の切っ先は武士の左袖を斬り裂いた。

露わになった武士の二の腕に、かすかに血の色があった。だが、掠《かす》り傷である。それでも、武士は恐怖に顔をしかめて、後じさった。真剣勝負の経験がなかったのだろう。

滝川は武士にかまわず、あらためて切っ先を市谷にむけ、

「さァ、こい！」

と、声を上げた。

市谷の顔に、恐怖の色が浮いた。

8

一方、久保は若い武士と対峙していた。ふたりは、青眼に構え合っていた。ふたりとも、それほどの遣い手ではないらしく、腰が据わらず、剣尖がやや高かった。

ふたりの間合は、およそ三間――。

斬撃の間境まで遠かったが、ふたりとも切っ先を動かして相手を牽制《けんせい》するだけで、斬り込んでいく気配がなかった。

すると、久保の左手にまわり込んでいた武士が、いきなり踏み込んできた。そし

て、刀を振り上げた。

この武士の動きを目の端でとらえた久保は、咄嗟に右手に逃げた。

武士は甲走った気合を発し、袈裟に斬り込んだ。その切っ先が、久保の左袖をとらえた。バサッ、と音がし、久保の袖が斜に裂けたが、血の色はなかった。斬られたのは、袖だけである。

久保はさらに右手に逃げざま、刀身を横に払った。咄嗟に体が反応したようだ。

久保の切っ先が、武士の脇腹を斬り裂いた。

ギャッ！

と、武士が悲鳴を上げた。

「お、おのれ！」

武士が、恐怖に顔をゆがめて後じさった。

「首を落とすぞ！」

久保は、威嚇《いかく》するように刀身を振り上げた。

すると、武士はさらに後じさり、久保との間合があくと逃げようとして反転した。

だが、体がふらついて歩くことができず、両手で脇腹を押さえてうずくまった。押さえた手の指の間から、血が滴《したた》り落ちている。

このとき、滝川と対峙していた市谷も後じさって間合をとった。このままでは、滝川に斬られると思ったようだ。

「覚えていろ！　この借りはかならず返す」

市谷は言い捨て、その場から走りだした。逃げたのである。これを見た林田も逃げだした。


一方、桑兵衛は長身の武士と対峙していた。

桑兵衛は居合の抜刀体勢をとり、長身の武士は、脇構えから刀身を後ろに引いて切っ先を背後にむけていた。悲笛の剣の構えである。

ふたりは対峙したままいっとき睨み合っていたが、市谷が捨て台詞《ぜりふ》を残して逃げ出すと、長身の武士はすばやい動きで後じさった。そして、桑兵衛との間をあけると、青眼に構えなおして切っ先を桑兵衛にむけ、

「勝負はあずけた」

と、叫びざま反転した。

「待て！」

桑兵衛は長身の武士の後を追ったが、すぐに足をとめた。長身の武士の逃げ足が速

く、追いつきそうもなかったのだ。

闘いは終わった。桑兵衛、滝川、久保は無事だった。長身の武士をはじめ、市谷とふたりの武士は逃げたが、ひとりだけ残っていた。久保に腹を斬られた武士である。

武士は蹲《うずくま》ったまま両手で脇腹を押さえていた。その指の間から、血が赤い筋になって流れ落ちている。

「まだ、生きている」

久保が言った。

「あやつに、話を訊いてみるか」

桑兵衛が、蹲っている武士に近付いた。

滝川と久保も近付き、三人は蹲っている武士を取り囲むように立った。

「この男を斬ったのは、久保どのか」

桑兵衛が訊いた。

「そうだ」

久保が照れたような顔をした。

「それなら、久保どのから先に話を訊いてくれ」

桑兵衛は、武士の前から身を引いた。

久保は武士の前に立ち、

「おぬしの名は」

と、穏やかな声で訊いた。

武士は、苦しげに顔をしかめたまま口をとじていた。

「おぬし、こうしていれば、だれか助けに来てくれるとでも思っているのか。仲間は、おぬしを見捨てて逃げたのだぞ」

「お、おのれ……」

武士が声を震わせて言った。

「名は」

久保があらためて訊いた。

「し、島村吉三郎《しまむらきちさぶろう》」

武士が名乗った。

「背の高い武士がいたな。あやつの名は」

「秋葉彦九郎《あきばひこくろう》」

「秋葉は、青木家に仕えているのか」

「ちがう。たまたま屋敷に来ていただけだ。青木さまが屋敷を出るおりに、供をする

 こともあるが……」

島村が苦しげな喘ぎ声を漏《も》らした。体が顫えている。

「秋葉はふだん、どこにいるのだ」

「食客《しょっかく》として、剣術道場にいると聞いている」

島村がそう言ったとき、脇で聞いていた桑兵衛が、

「一刀流の青柳道場ではないか」

と、身を乗り出すようにして訊いた。

「そ、そうだ」

「秋葉も、青柳とつながっていたのか」

桑兵衛は島村の前から身を引いた。

久保はいっとき間をおいてから、

「青柳泉九郎は、ちかごろ大金を手にしたのではないか」

と、声をひそめて訊いた。

島村は戸惑うような顔をしたが、

「か、金のことは知らない。……ち、ちかごろ、幕閣に多額の賄賂《まいない》を贈ったという話は聞いている」

と、声を震わせて言った。

「その幕閣というのは、だれだ」

すぐに、久保が訊いた。

「し、知らない……」

島村が声をつまらせて言ったとき、ふいに体が硬直し、背を反らせて喉を突き出すようにした。そして、激しく身を顫わせたが、急にぐったりとなって、ガクリと頭が前に垂れた。息の音が聞こえない。

「死んだ」

桑兵衛が、つぶやくような声で言った。

第四章　攻防

1

「あれが、御目付さまのお屋敷だ」

滝川が武家屋敷を指差して言った。

豪壮な門番所付の長屋門だった。門扉《もんぴ》は閉じていた。門の左右には、築地塀が延びている。

滝川、久保、桑兵衛の三人は、御目付の増田家の屋敷の近くに来ていた。増田家の屋敷は、神田小川町《おがわまち》にあった。旗本屋敷のつづく通り沿いである。

一昨日《おととい》、滝川が御目付の増田と会い、これまでの経緯を話した。すると、増田が、今日の午後、桑兵衛とともに屋敷に来るよう指示したのだ。増田は桑兵衛にも会って、事件について聞くとともに、今後のことを話したいらしい。

滝川が門番所にいる門番若党に声をかけ、身分と来意を告げると、若党が脇のくぐりを開けてくれた。

桑兵衛たちがくぐりから入ると、

「御目付さまは、おられるか」

すぐに、滝川が若党に訊いた。

「おられます。そこもとたちのことは、香山《かやま》さまからお聞きしています。すぐに香山さまにお知らせしますので、しばし、お待ちくだされ」

若党はそう言い残し、式台のある玄関から滝川たちを屋敷内に入れ、迎えに出た用人の香山の案内で、来客用の書院に通された。桑兵衛がいっしょなので、増田は滝川たちを来客として書院に案内したようだ。

滝川たち三人が書院に座していっとき待つと、廊下を歩く足音がして障子があいた。香山とともに座敷に入ってきたのは、増田だった。恰幅《かっぷく》のいい身を羽織袴に包んでいたが、寛《くつろ》いだ雰囲気があった。

増田は床間《とこのま》を背にして座し、

「狩谷どの、そこもとのご尽力は、大原から聞いている。此度の件は盗賊のなかに腕のたつ武士もいるようなので、狩谷どののような腕のたつ御仁《ごじん》の手を借りたかったのだ」

と、桑兵衛に目をむけて言った。増田の双眸《そうぼう》には、強いひかりが宿っている。

桑兵衛は増田に頭を下げて、「恐れ入ります」と言った後、

「それがしの道場も事件に巻き込まれたため、手をこまねいて見ていることはできま

せん。今後、道場をつづけるためにも、滝川どのたちと事件にあたる所存です」

と、きっぱりと言った。

「頼むぞ」

増田が満足そうな顔をしてうなずいた。

「一昨日、ご報告いたしたとおり、盗賊一味には、御納戸同心の市谷橋之助がくわわっております。さらに、一味の背後に、御納戸頭の青木与左衛門がいるとみております。過日、われらは、青木家の屋敷から出てきた盗賊の一味である市谷や秋葉に襲われました」

滝川が声をあらためて言った。

「うむ……」

増田は虚空を睨むように見据えていたが、

「商家から奪った金だが、その大半が青木に流れているようなのだ」

と、顔を厳しくして言った。

そのとき、増田と滝川のやりとりを聞いていた桑兵衛が、

「青木に流れた金ですが、増田さまは、どのようなことに使われているとみておられますか。大金なので、己の私利私欲のためにだけではないような気がするのですが」

と、増田に目をやって訊いた。

「それよ。青木はな、御納戸頭だが、御小納戸頭取《とうどり》の座を狙っているらしいのだ」

「御小納戸頭取……！」

桑兵衛は、驚いたような顔をした。

御小納戸頭取は、将軍の様々な御用向きを取り扱う役である。御納戸頭に似ているが役柄は上で、役高は千五百石高である。御納戸頭が七百石なので、御小納戸頭取になれば、大変な出世といっていい。

「それだけではない。わしが耳にした噂では、さらに幕閣の重職の座を狙っているらしいのだ」

増田の顔に憂慮の翳《かげ》が浮いた。

「そうした出世のために、商家から奪った金が使われているのですか」

桑兵衛が訊いた。

「わしは、そうみている。青木は幕閣の中枢《ちゅうすう》にいる者に、賄賂《まいない》として多額の金品を渡しているはずだ。贈られた者は、盗賊が商家から奪った金とは思うまいがな」

「やはり、黒幕は青木か」

桑兵衛の顔に、憎悪《ぞうお》の色が浮いた。青木は幕臣でありながら己の配下を盗賊にくわえ、商家から奪った金を出世のために使っているのだ。

そのとき、黙って桑兵衛と増田のやり取りを聞いていた滝川が、

「青木を盗賊の頭《かしら》として捕らえますか」

と、身を乗り出すようにして言った。

「確証がなければ、青木を捕らえることはできぬ。市谷にしろ、秋葉にしろ、そのような者は知らぬ、と青木に言われれば、それまでだ。たとえ、わしらが盗賊一味が青木家の屋敷に出入りしていたことを訴えても、中間《ちゆうげん》部屋にでも出入りしていたのであろう、とでも言われれば、それ以上青木を追及するのはむずかしい」

増田が苦々しい顔をした。昨今、旗本屋敷の中間部屋が、賭場《とば》として密かに使われることがあったのだ。

「うむ……」

桑兵衛は眉《まゆ》を寄せた。盗賊として市谷や秋葉などを捕らえても、黒幕の青木にまで手がとどかないのでは、事件の始末がついたことにはならない。賊に殺された者たちも、浮かばれないだろう。

次に口をひらく者がなく、座敷が重苦しい沈黙につつまれたとき、

「その方たちに、頼みたいことがある」

と、増田が声をあらためて言った。

「盗賊のひとり、市谷橋之助を捕らえ、口上書《こうじょうがき》をとってもらいたい。そのなかに、御納戸頭の指図があり、奪った金の多くが渡されたことが記されていれば、確かな証《あかし》になる。そうなれば、わしらも青木を捕らえることができる」

増田が語気を強くして言った。

「心得ました。すぐに、市橋を捕らえるために、手を打ちます」

滝川が応えた。そして、増田に低頭した。

久保と桑兵衛も、増田に頭を下げてから立ち上がった。

2

桑兵衛、滝川、久保の三人は増田家の屋敷を出ると、旗本屋敷のつづく通りを東にむかった。そして、四辻《よつつじ》に突き当たると、北へ足をむけた。その通りは、神田川にかかる昌平橋のたもとに出る。

桑兵衛たちは、それぞれの家に帰るつもりだった。滝川と久保の屋敷は下谷《したや》の練塀《ねりべい》小路《こうじ》沿いにあったので、途中まで桑兵衛といっしょである。

「どうする」

滝川が歩きながら桑兵衛に訊いた。

「市谷を捕らえねばならないが、早く手を打った方がいいな」

桑兵衛が言った。

「明日にも、本郷に行ってみるか」

滝川が言うと、肩を並べて歩いていた久保がうなずいた。

「承知した」

桑兵衛も滝川たちといっしょに本郷に行き、市谷が屋敷にいれば、姿をあらわすのを待って捕らえようと思った。

桑兵衛たちは昌平橋を渡り、神田川沿いの通りに出た。そして、前方に和泉橋が近付いてきたところで、

「明日、和泉橋のたもとで会おう」

と、滝川が桑兵衛に声をかけ、久保とふたりで左手の通りへ入った。その通りを北にむかうと、練塀小路に出られるのだ。

桑兵衛が道場にもどると、居合の稽古をしていた唐十郎と弥次郎が、すぐに近付いてきた。

「父上、御目付さまのお話は」

唐十郎が声高に訊いた。顔に汗が浮いている。弥次郎とふたりで、居合の稽古をつづけていたらしい。唐十郎は以前にも増して弥次郎との稽古に力を入れるようになっていた。

「ここに、座れ」

桑兵衛は、唐十郎と弥次郎に目をやって言った。

ふたりが、桑兵衛の前に座ると、

「増田さまのお話で、御納戸頭の青木の悪計《たくらみ》が、だいぶみえてきた」

そう前置きし、増田から耳にしたことをかいつまんで話した。

「やはり、青木が黒幕だったのか」

弥次郎が顔を厳しくして言った。

「いずれにしろ、市谷を捕らえ、これまでの悪事を吐かせて口上書を取れば、青木にも目付筋の者たちの手がとどく」

「父上、市谷を捕らえましょう」

唐十郎が、身を乗り出して言った。

「そのつもりだ。明日、ふたりにも手を貸してもらう」

「はい！」

唐十郎が勇んで応えると、弥次郎もうなずいた。

翌朝、桑兵衛、唐十郎、弥次郎の三人が、和泉橋のたもとまで行くと、滝川と久保が待っていた。ふたりは、唐十郎と弥次郎の姿を見ると、笑みを浮かべてうなずいた。相手は市谷ひとりだが、確実に捕縛するためにも人数が多い方がよかった。それに、市谷がひとりで姿を見せるとはかぎらず、仲間が何人もいると、桑兵衛、滝川、久保の三人では、後れをとるかもしれない。

「行くぞ」

桑兵衛が男たちに声をかけた。

桑兵衛たちは、昌平橋のたもとに出ると、中山道を本郷方面にむかった。すでに、市谷の住む屋敷を見張ったことがあったので、道筋は分かっていた。

そして加賀藩の上屋敷の近くまで来ると、笠屋の脇の路地に入った。その路地の先に、市谷の住む屋敷がある。

桑兵衛は築地塀で囲まれた旗本屋敷の前に足をとめ、

「あれが、市谷の屋敷だ」

と言って、板塀をめぐらせた屋敷を指差した。滝川と久保は知っていたが、唐十郎と弥次郎は初めて見る屋敷だった。

「市谷はいるかな」

　滝川が言った。

「分からぬ。いずれにしろ、屋敷を見張るしかないだろう」

　桑兵衛は、板塀を乗り越えて屋敷内に侵入すると、市谷に逃げられるとみていた。勝手の分からない屋敷内で、市谷を追いつめて捕縛するのはむずかしい。

「それがしが、様子を見てきます」

　久保がそう言って、市谷家の屋敷にむかった。桑兵衛たちは、路傍に立って久保がもどるのを待った。

　久保は通行人を装って屋敷の前まで行き、すこし足を緩《ゆる》めただけで通り過ぎた。そして、半町ほど歩いてから、踵を返してもどってきた。

「市谷は、屋敷内にいるようです」

　久保によると、屋敷内から話し声がし、橋之助さま、と市谷を呼ぶ女の声が聞こえたという。

「よし、市谷が出てくるのを待とう」

　桑兵衛が言った。

桑兵衛たちは、旗本屋敷の築地塀の陰に身を隠した。そこは、以前桑兵衛たちが市谷家の屋敷を見張った場所である。

桑兵衛たちがその場に身を隠して、半刻（一時間）も経ったろうか。屋敷の門に目をやっていた滝川が、

「おい、出てきたぞ」

と、身を乗り出して言った。

表門から、武士がひとり姿をあらわし、こちらにむかって歩きだした。

桑兵衛が言った。姿をあらわした武士は、市谷より長身で若い感じがした。

「市谷ではないな」

若い武士は、桑兵衛たちが身を潜めている方へ足早に歩いてくる。桑兵衛は、若い武士の姿を見て、青木家に仕える若党かもしれない、と思った。

若い武士は、何か探しているらしく、通り沿いの樹陰や武家屋敷の塀の陰などに目をやりながら歩いてくる。

そして桑兵衛たちが身を隠している築地塀の近くまで来ると、塀の方へ目をむけたが、そのまま通り過ぎた。

「何か探しているようだったな」

滝川が、言った。

「おれたちが市谷の屋敷を見張っていることに気付いたかな」

以前、桑兵衛たちは市谷の屋敷を見張り、姿をみせた市谷の跡を尾けたことがあった。そのとき、市谷が桑兵衛たちの尾行に気付いていて、若い武士にこの辺りから尾けられたことを話したのかもしれない。

「気付かれたかもしれんが、屋敷内に市谷がいることは確かだ。もうすこし、様子を見よう」

滝川が言った。

3

桑兵衛たちが築地塀の陰に身を隠し、一刻（二時間）ほど経ったろうか。市谷家の屋敷の表門から人影があらわれた。

「市谷だ！」

桑兵衛が言った。表門に姿をあらわしたのは、市谷だった。

市谷は通りの左右に目をやった後、桑兵衛たちが身を隠している方へ歩いてきた。

「くるぞ。都合よく、ひとりだ」

滝川が身を乗り出して言った。

「手筈どおりだ」

桑兵衛たちは市谷があらわれたとき、どうするか決めてあった。

市谷は、路地の左右に目を配りながら歩いてくる。

市谷が桑兵衛たちの前まで来たとき、桑兵衛、滝川、久保の三人は、同時に築地塀の陰から飛び出した。唐十郎と弥次郎は築地塀の陰に残っていた。相手がひとりだったので、桑兵衛たち三人で十分だったのだ。

桑兵衛が市谷の前に、滝川が背後に、久保は脇に——。三人で、三方への逃げ場をふさいだのだ。

市谷は、ギョッとしたように立ち竦《すく》んだが、すぐに桑兵衛たちだと分かり、

「待ち伏せか！」

と叫びざま、抜刀した。逃げられないとみたらしい。

桑兵衛は居合の抜刀体勢をとった。市谷を生きたまま捕らえるつもりだったので、腕を狙おうとしていた。滝川と久保は刀を抜くと、刀身を峰に返して青眼に構えた。

ふたりは峰打ちにするつもりらしい。

市谷は青眼に構えて切っ先を桑兵衛にむけたまま後じさった。切っ先が震えている。興奮と恐怖で、刀を手にした両腕に力が入り過ぎているのだ。

「市谷、刀を捨てろ!」

桑兵衛が声高に言った。

「おのれ!」

叫びざま、市谷が斬り込んできた。

青眼から、振りかぶって袈裟へ——。

唐突《とうとつ》な仕掛けだった。一瞬、桑兵衛は反応が後れたが、市谷の斬撃に迅さと鋭さがなかったため、桑兵衛は右手に跳んでかわすことができた。

桑兵衛は、市谷が体勢をたてなおして、青眼に構えようとした一瞬をとらえた。

タアッ!

鋭い気合を発し、抜き打ちに籠手《こて》をみまった。桑兵衛の切っ先が、市谷の右の前腕を斬り裂いた。神速の籠手斬りである。

市谷は手にした刀を取り落とし、前によろめいた。そこへ、滝川と久保が走り寄って市谷を取り押さえた。

桑兵衛たち三人は、市谷を唐十郎たちのいる築地塀の陰へ連れていった。市谷は斬られた右手が痛むらしく、呻き声を上げている。桑兵衛たちはかまわず、市谷を後ろ手に縛った。そして、滝川が着ていた羽織を脱ぎ、市谷の後ろから肩にかけた。縛られた両腕が見えないようにしたのだ。

「連れていくぞ」

桑兵衛が、滝川と久保に声をかけた。

桑兵衛たち五人は、市谷の左右と背後にたち、取り囲むようにして中山道にむかった。神田松永町にある桑兵衛の道場へ連れていき、市谷から話を聞くためである。

桑兵衛たちが中山道に出て、南に足をむけたときだった。街道沿いにあったそば屋の脇から、ふたりの武士が姿をあらわした。

ひとりは市谷より先に、市谷の屋敷から出てきた若い武士だった。もうひとりは、秋葉である。

ふたりは、桑兵衛たちの跡を尾け始めた。気付かれないように、桑兵衛たちから一町ほども距離をとり、街道を行き来する旅人たちの陰に隠れるようにして尾けていく。

桑兵衛たちは、ふたりの尾行者に気付かなかった。行き交う人に不審を抱かれないように、気を配りながら歩いていく。賑《にぎ》やかな昌平橋のたもとを抜け、神田川沿いの通りに入った。そして、筋違御門《すじかいごもん》の前を過ぎて、神田佐久間町《さくまちょう》一丁目に入って間もなくだった。

神田川沿いに植えられた柳《やなぎ》の樹陰から四人の武士が飛び出し、桑兵衛たちの行く手をふさいだ。

四人のなかに、市谷家の屋敷から出てきた若い武士の姿があった。他の三人は、青柳とふたりの門弟である。ここで、桑兵衛たちを待ち伏せしていたらしい。

「青柳か！」

桑兵衛が声を上げた。

青柳たち四人だけではなかった。背後から、秋葉たちふたりが迫ってくる。六人の武士は、前後から桑兵衛たちに近付いてきた。

「岸際に寄れ！」

桑兵衛が声をかけた。

桑兵衛たち五人は、神田川の岸際に立った。前後から挟み撃ちになるのを避けようとしたのである。

桑兵衛たち五人は、刀が十分に振るえるように間をとり、捕らえてきた市谷を桑兵衛と滝川の間に立たせた。だが、市谷を押さえておくことはできない。自分たちの身を守ることさえ、危ういのだ。

桑兵衛たちの左右から、六人の武士が走り寄った。桑兵衛の前に立ったのは、秋葉だった。他の四人の前には、それぞれ門弟が立った。青柳が、市谷に近寄ろうとしている。

秋葉と桑兵衛の間合は、三間半（約六・四メートル）ほどもあった。一足一刀の斬撃の間境《まざかい》の外である。

「狩谷、今日こそ、おぬしを斬る」

言いざま、秋葉は刀を抜いた。

秋葉はゆっくりとした動きで脇構えにとり、刀身を後ろに引いて切っ先を背後にむけた。悲笛の剣の構えである。

一方、桑兵衛は、右手を刀の柄に添え、居合腰にとった。以前立ち合ったときと同じ霞剣を遣うつもりだった。秋葉の遣う悲笛の剣に、霞剣なら太刀打ちできるとみたからだ。

「居合か」

秋葉は言いざま、背後にむけられていた刀身をすこし高くとった。斬撃を迅くするためであろう。

ふたりは、対峙したまま動かなかった。全身に気勢を漲《みなぎ》らせ、斬撃の気配を見せながら、気魄《きはく》で攻め合っている。

4

滝川の前に立った門弟は、肩幅のひろいがっちりした体軀《たいく》の男だった。滝川は青眼に構えていた。対峙した男も、青眼である。

……遣い手だ！

と、滝川は察知した。

対峙した男の構えに、隙がなかった。滝川の目線にむけられた剣尖に、そのまま眼前に迫ってくるような威圧感がある。

ふたりの間合は、およそ二間半（約四・五メートル）——。まだ、一足一刀の斬撃の間境の外である。ふたりは、動かなかった。相青眼に構え合い、斬撃の構えを見せたまま気魄で攻め合っている。

そのとき、市谷に近寄ろうとしていた青柳が、いきなり市谷に走り寄った。市谷を逃がそうとしたのである。

桑兵衛と滝川は、それぞれの敵と対峙していたこともあり、その場から動けなかった。青柳は市谷を桑兵衛たちから引き離した。そして、十分に間をとってから、

「市谷どのを助けた！」

と、声を上げた。

これを耳にした秋葉は、

「勝負、あずけた！」

と叫びざま、素早い動きで後じさった。そして、桑兵衛から間をとると、市谷の方に走り寄った。

「引き上げるぞ！」

秋葉は抜き身を手にした男とともに市谷を連れ、和泉橋の方へむかって走りだした。これを見た他の男たちも、切っ先をむけていた相手から身を引き、市谷を連れた秋葉たちの後を追った。

桑兵衛たち五人は、秋葉たちを追わなかった。その場に立ったまま、遠ざかっていく秋葉たちに目をやっている。

桑兵衛たちは、秋葉たちから市谷を連れもどすことはできないと分かっていた。秋葉たちは六人で遣い手もいる。下手に市谷を助けようとすれば、返り討ちにあうだろ

う。

前を行く秋葉たちは昌平橋のたもとまで来ると、橋を渡り始めた。

「敵が多過ぎたな」

桑兵衛が、秋葉たちに目をやりながら言った。

「きゃつら、市谷をどこへ連れていくつもりだ」

滝川が苦々しい顔をした。

「青柳道場だな」

桑兵衛は、秋葉たちが市谷を連れていく先は、青柳道場しかないとみた。

「行き先が分かれば、手が打てる」

桑兵衛は滝川と明日のことを打ち合わせ、その場から歩きだした。今日のところは、このまま道場に帰ろうと思ったのだ。


翌朝、桑兵衛は唐十郎と弥次郎を連れて道場を出ると、和泉橋の方にむかった。橋のたもとで、滝川たちと会うことになっていたのだ。

和泉橋の近くまで行くと、滝川と久保が待っていた。

「待たせたか」

桑兵衛が滝川に訊いた。

「いや、おれたちも来たばかりだ」

「行くぞ」

桑兵衛が、その場に集った男たちに声をかけた。

これから、桑兵衛たちは松田町にある青柳道場に行くつもりだった。市谷を捕らえるためだが、秋葉や青柳一門の者たちとも、闘うことになるだろう。

桑兵衛たちは和泉橋を渡り、柳原通りを西にむかって歩いた。そして、平永町から三島町を経て松田町に入った。

桑兵衛たちは青柳道場のある路地に入り、前方に青柳道場が見えてきたところで足をとめた。

青柳道場は静かだった。竹刀を打ち合う音や気合などは聞こえない。

「稽古は、してないようだ」

桑兵衛が言った。稽古の音は、遠方でも耳にとどく。ただ、道場内にひとがいるかどうかは分からない。

「おれが、様子をみてくる。ここにいてくれ」

桑兵衛が、男たちに声をかけてその場を離れた。

桑兵衛は通行人を装って道場に足をむけた。路地には、人影があった。ただ、町人がほとんどで、武士の姿はあまりなかった。ときおり、御家人らしい男が通りかかるだけである。

桑兵衛は路地のすこし道場寄りを歩いた。道場の表戸はしまっていたが、なかからかすかに人声が聞こえた。声の主は武士らしいが、声の主がだれかも話の内容も聞き取れない。桑兵衛は足音を忍ばせて、道場に身を寄せた。

……聞こえる！

道場内の話し声が、はっきりしてきた。

桑兵衛は、息をつめて聞き耳をたてた。話のなかで「青柳どの」と呼ぶ秋葉の声がし、「狩谷たちは、必ずここへ来るぞ」と言い添えた。すると、「返り討ちにしてくれるわ。ここには、門弟たちがいる」と青柳が応えた。つづいて、何人かの話し声がした。門弟たちが、しゃべり出したようだ。その話のなかで、市谷の声も聞こえた。道場内にいるようだ。

桑兵衛は足音を忍ばせて道場から離れ、滝川たちのいる場にもどった。

「市谷は、道場にいるぞ」

桑兵衛が、唐十郎や滝川たちに目をやって言った。

「秋葉は」

滝川が訊いた。

「秋葉もいる」

桑兵衛は、道場主の青柳をはじめ門弟たちが何人もいることを話した。

すると、話を聞いていた久保が、

「道場内に踏み込むと、おれたちからも犠牲者が出そうだ」

と、顔を厳しくして言った。

弥次郎と唐十郎は、黙したまま桑兵衛や滝川たちに目をやっている。

「いま、道場内に踏み込むのはやめよう」

桑兵衛は、下手をすると、ここにいる五人のなかから何人も犠牲者が出るとみたのである。

5

桑兵衛たちは、路傍の樹陰に身を隠し、青柳道場に目をやっていた。その場に身を隠して、半刻（一時間）ほど経ったろうか。道場からふたりの武士が姿を見せた。若い武士である。門弟らしい。

「おれが、話を訊いてきます」

唐十郎が、身を乗り出して言った。ふたりの門弟は、自分とあまり変わらない年頃とみたようだ。

「唐十郎、無理をするな」

桑兵衛が声をかけた。

「はい！」

唐十郎は、ふたりの門弟が通り過ぎるのを待って、樹陰から路地に出た。

唐十郎が背後から足早に近付くと、ふたりの門弟は足をとめて振り返った。驚いたような顔をしている。

「おふたりは、青柳道場に通っておられるのですか」

唐十郎が、丁寧《ていねい》な物言いで訊いた。

「そうです」

年嵩《としかさ》と思われる長身の武士が言った。

「実は、わたしも青柳道場に入門しようと思い、様子を見に来たのですが、戸がしまったままなので……。道場はひらいているのですか」

唐十郎が訊いた。

「いまは門をとじてますが、近いうちに道場を建て直し、稽古を始めることになってますよ」

長身の武士が言った。

「道場を建て直すのですか」

唐十郎は、驚いたような顔をして聞き返したが、そのことは父親の桑兵衛から聞いて知っていた。ふたりに喋《しゃべ》らせるために訊いたのである。

「そうです。いま入門するより、道場を建て直してからの方がいいかもしれませんよ。おそらく、大勢の入門者が来るはずです」

「すこし前に、道場の前まで行ってみたのですが、何人かの話し声が聞こえました。道場主の青柳さまは、道場内にいたのですか」

唐十郎は、道場内にだれがいるか確かめようとしたのだ。

「いました。それに、客人が」

「何人も、おられるのですか」

すぐに、唐十郎が訊いた。

「四人だが……」

長身の武士の顔に、不審そうな色が浮いた。唐十郎が道場の様子を執拗《しつよう》に訊いたからだろう。

「それがしたちは、これで」

と、長身の武士が言い残し、ふたりは足早にその場から離れていった。

唐十郎は路傍に立ってふたりの武士が遠ざかるのを待ってから、桑兵衛たちのいる樹陰にもどった。

「道場内の様子が、知れました」

唐十郎は、長身の武士から聞いたことを滝川たちにも聞こえる声で話した。

「道場には、四人いるのか。道場主の青柳と秋葉。それに、市谷。門弟がひとり残っているとみていいな」

桑兵衛たちは、五人だった。敵は四人だが、市谷が手傷を負っているので三人とみていいだろう。

「おれが、秋葉とやる。滝川どのや弥次郎たちは、青柳たちを頼む」

桑兵衛が、その場にいた男たちに目をやって言った。

「承知した」

滝川が言うと、唐十郎たち三人もうなずいた。

桑兵衛たちはその場で袴の股立をとり、念のため刀の目釘《めくぎ》を確かめた。

「いくぞ」

桑兵衛が声をかけた。

桑兵衛たち五人は、道場の前まで来て足をとめた。板戸が一枚だけあいていた。そこから、道場内に出入りできるようになっている。

道場内から、話し声が聞こえた。話の内容は聞き取れなかったが、青柳たち四人が話しているようだ。

「踏み込むぞ」

桑兵衛が声を殺して言い、板戸のあいている場所から土間に踏み込んだ。滝川たち四人が、つづいた。

土間につづいて狭い板間があり、その先に板戸がしめてあった。板戸のむこうが、道場になっているようだ。

道場内の話し声がやんでいた。青柳たちは、土間に入ってきた足音を耳にしたにちがいない。

桑兵衛たちは、土間から板間にあがった。

「だれだ！」

道場内から男の声がした。青柳らしい。

桑兵衛は何も応えず、正面の板戸を開け放った。四人の男が、道場の床で車座になっていた。青柳、秋葉、市谷、それに浅黒い顔をした武士がいた。桑兵衛は青柳の顔を神田川沿いの通りで一度見ている。歳は四十がらみ、大柄でどっしりした体軀の男だった。

浅黒い顔をした男は、門弟のひとりだろう。二十代半ば、肩幅のひろいがっちりした体軀だった。身辺に隙がなかった。師範代格であろうか。遣い手らしい。

四人の男の膝先に、貧乏徳利《びんぼうどっくり》と湯飲みが置いてあった。湯飲みを手にしている男もいる。ここで、酒を飲んでいたらしい。

「狩谷たちだ！」

秋葉が叫びざま、手にした湯飲みを桑兵衛たちにむかって投げた。

咄嗟に、桑兵衛は背をかがめて湯飲みをよけた。湯飲みは、土間に落ちて砕け散った。青柳たち四人は、傍らに置いてあった大刀を手にして立ち上がると、素早い動きで抜刀した。

「踏み込め！」

桑兵衛が声を上げた。

6

桑兵衛たち五人は、道場内に踏み込んだ。

道場内にいた青柳、秋葉、市谷、それに師範代らしい男の四人は、手にした刀を構えた。それぞれ隙のない構えだが、市谷だけは右腕を負傷しているため、構えた刀が大きく揺れていた。おそらく、まともに刀をふるうことはできないだろう。

桑兵衛は居合の抜刀体勢をとり、

「秋葉、勝負！」

と声を上げ、秋葉の前に踏み込んだ。

秋葉は、青眼に構えて切っ先を桑兵衛にむけたが、素早い動きで身を引いた。近くに青柳がいたので、間合をとったようだ。

滝川と久保が、青柳に立ち向かった。滝川が青柳の正面に立ち、久保は左手にまわり込んだ。ふたりがかりで、青柳を討つ気らしい。

「お、おのれ！」

青柳が、顔をゆがめて後じさった。道場主で腕はたつはずだが、左脇から攻められると、対応するのがむずかしいのだろう。

師範代らしい男の前には、弥次郎が立った。弥次郎も、居合の抜刀体勢をとっている。

唐十郎は、市谷と対峙した。市谷には、戦意が感じられなかった。右手の負傷で、刀が自在にふるえないからだろう。

唐十郎は刀の柄に右手を添え、居合の抜刀体勢をとった。

……稲妻を遣う。

唐十郎が胸の内でつぶやいた。

稲妻は、抜き付けの一刀を、横一文字に払う技である。片手斬りのため、通常の斬撃より切っ先が一尺ほども伸びる。ただ、唐十郎は、市谷を斬殺するつもりはなかったので、右腕を狙って抜き付けるつもりだった。

唐十郎と市谷との間合は、二間半ほどだった。道場内には他の男たちもいたため、間合を広くとれないのだ。

対する市谷は、青眼に構えて切っ先を唐十郎にむけたが、剣尖が浮いていた。隙だらけである。

唐十郎は居合の抜刀体勢をとったまま、ジリジリと市谷との間合を狭めていく。市谷は摺《す》り足で後じさった。逃げたのである。

だが、すぐに市谷の動きがとまった。踵《かかと》が道場の板壁に迫り、それ以上身を引くことができなくなったのだ。

市谷は、唐十郎にむけた切っ先を小刻みに上下に動かした。これ以上、近付くと斬り込むと見せ、唐十郎の寄り身をとめようとしたのだ。

かまわず、唐十郎は居合の抜刀体勢をとったまま踏み込んだ。

そのとき、市谷の切っ先が揺れ、斬撃の気がはしった。

刹那、唐十郎が抜き付けた。

タアッ！

鋭い気合とともに、唐十郎の体が躍《おど》り、閃光が横一文字にはしった。

次の瞬間、市谷の右の前腕が横に裂けた。唐十郎は市谷の負傷していた右腕を狙って、抜き付けたのだ。

ギヤッ！　という悲鳴を上げ、市谷がよろめいた。刀を取り落とし、右腕がダラリと垂れ下がった。市谷の右の前腕が、切り裂かれている。その傷口から、血が赤い筋になって流れ落ちた。

市谷はよろめきながら、唐十郎から逃げた。唐十郎は、抜き身を手にしたまま市谷を追った。殺さずに、生きたまま捕らえるつもりである。

そのとき、道場主の青柳がすばやい動きで後じさり、対峙していた滝川との間合を大きく取ると、

「市谷！」

と叫びざま、市谷に身を寄せ、いきなり袈裟に斬りつけた。

一瞬、市谷は驚愕に目を剝いて青柳を見た。その顔が憤怒《ふんぬ》にゆがんだとき、腰からくずれるように転倒した。

市谷は道場の床に倒れ、身を捩《よじ》りながら苦しげな呻き声を上げた。肩から胸にかけて斬り裂かれた傷口から流れ出た血が、赤い布をひろげるように道場の床を染めていく。

「引け！」

青柳が叫んだ。

そして、対峙していた滝川たちから身を引き、道場の正面の右手にむかった。そこに、板戸があった。そこから外へ出られるらしい。

青柳につづいて、師範代らしい男も逃げた。彦兵衛と対峙していた秋葉も、すばやく身を引き、

「勝負、あずけた！」

と叫びざま反転して、師範代らしい男の後につづいた。

滝川と久保につづき、桑兵衛たち三人も青柳たちが逃げた戸口にむかった。戸口から外を覗《のぞ》くと、道場の裏手に母屋らしい家屋《かおく》があった。その家には、狩谷道場と同じように道場主とその家族が住んでいるのだろう。

家の戸口は、あいたままになっていた。青柳たちが逃げ込んだらしい。

桑兵衛たちは、家の戸口まで行ってなかを覗いてみた。人影はなかった。家の裏手から、何人かの足音が聞こえた。その足音は、家から遠ざかっていく。母屋に飛び込んだ青柳たちは、桑兵衛たちが追ってくるとみて、背戸から外に飛び出したようだ。

桑兵衛は、青柳たちを追っても間に合わないと思い、

「道場にもどるぞ」

と、滝川たちに声をかけた。

道場には、青柳に斬られた市谷が横たわっていた。苦しげな呻き声を上げている。市谷のまわりの床は、傷口から流れ出た血で真っ赤に染まっていた。

桑兵衛は市谷に近寄ると、背後にまわり、市谷の肩の下に手を差し入れて助け起こしてやった。

身を起こした市谷は苦痛に顔を歪《ゆが》め、その場に集った桑兵衛たちに目をむけた。自力で動けないほど弱っているらしく、逃げようとする素振《そぶ》りは見せなかった。

「市谷、しっかりしろ」

桑兵衛が声をかけた。

市谷は桑兵衛に顔をむけたが、何も言わなかった。顔をしかめただけである。

「青柳たちは、逃げたぞ。おぬしを斬ってな」

桑兵衛がそう言うと、市谷の顔が憤怒に歪み、ギリギリと歯嚙《はが》みした。味方に裏切られたことが、悔しいらしい。

「青柳たちは、どこへ逃げたか分かるか」

桑兵衛が訊いた。

「……」

市谷は、無言のまま顔をしかめている。

「おぬしを斬った青柳たちをかばうのか」

「う、裏手の母屋だ」

市谷が声をつまらせて言った。

「その母屋からも、逃げたのだ」

「おれには、どこに逃げたか分からぬ。……ま、また、道場にもどってくるはずだ。青柳たちには、他に行き場はないからな」

「青柳には、家族がいないのか」

「妻女がいるが、道場をとじてから、どこかへ越したと聞いている」

「秋葉はどこに住んでいる」

「あ、秋葉どのは……ふ、ふだん、母屋で寝起きしている」

市谷の喘《あえ》ぎ声が、大きくなってきた。体の顫えもとまらない。

桑兵衛は、滝川たちに「何か訊くことはあるか」と声をかけた。すると、滝川が桑兵衛の脇に来て、

「道場主の青柳は、御納戸頭の青木と何かつながりがあるのか」

と、語気を強くして訊いた。

「あ、青木さまの次男の、峰次郎《みねじろう》さまが、青柳道場の門弟だ」

「なに、次男が門弟だと！」

滝川の声が、大きくなった。

「い、いまは、あまり道場に来ない」

市谷が、声をつまらせて言った。

「峰次郎は、どんな男だ。背は高いのか」

桑兵衛は、峰次郎の体軀や容貌《ようぼう》を知りたかった。門弟たちと歩いているとき、峰次郎を見分けるためである。

「せ、背は高い」

「顔付きは」

「あ、浅黒い顔で右頰に黒子《ほくろ》……」

そのとき、市谷は喉のつまったような呻き声を上げ、激しく身を顫わせた。そして、顎を突き出すようにして背を反らせ、体が硬直したように動きがとまった。急に体から力が抜け、首ががくりと前に垂れた。

市谷はぐったりとなり、息の音が聞こえなかった。

「死んだ」

桑兵衛が言った。

7

桑兵衛たちが青柳道場を襲った三日後の朝、神田川にかかる橋のたもとに、桑兵衛は立っていた。滝川と久保がくるのを待っていたのだ。桑兵衛たちは、御目付の増田家の屋敷に行くことになっていた。前もって滝川が増田と会い、この日に来るよう指示されたらしい。

桑兵衛がその場に来ていっとき経つと、神田川沿いの道を足早に歩いてくる滝川と久保の姿が見えた。

滝川たちは小走りで桑兵衛に近付くと、

「すまぬ、待たせたようだ」

滝川が荒い息を吐きながら言った。急いで来たので、息が上がったらしい。

「いや、おれも来たばかりだ」

「出かけるか」

滝川が先に立った。

桑兵衛たちは、神田川沿いの道を西にむかった。

桑兵衛たちが神田小川町にある増田家の表門の前まで来ると、滝川が門番所にいる門番の若党に声をかけた。

若党は、滝川のことを知っているらしく、すぐに脇のくぐりをあけてくれた。桑兵衛たちがくぐりから門内に入ると、

「殿から滝川さまたちのことは、伺っております」

そう言って、式台のある玄関に連れていった。そして若党は「香山さまに、知らせてきますので、しばしお待ちください」と言い残し、屋敷内に入って用人の香山を連れてきた。

「お待ちしてました」

香山は、桑兵衛たち三人に目をむけて言った。顔に笑みが浮いている。すでに桑兵衛たち三人は、香山の案内で書院に通され、御目付と会ったことがあった。それに、前もって増田からも話があったのだろう。

桑兵衛たちが案内された書院に座していっときすると、廊下を歩く足音がし、障子があいて増田が姿を見せた。

増田は羽織に小袖姿だった。くつろいだ身装《みなり》である。下城した後、着替えたようだ。

増田は床の間を背にして座すと、

「市谷が、仲間に殺されたそうだな」

すぐに、切り出した。滝川から聞いていたのだろう。

桑兵衛は無言でうなずいた。

「また、味方を殺すとはな。口封じとはいえ、惨いことをする。……市谷が死んでは、口上書がとれなくなったわけだ」

増田が残念そうな顔をした。

「それで、今後、われらはどう動いていいか。御指示を仰《あお》ぐために参ったのです」

桑兵衛が言った。

「その前に、わしから訊いておきたいことがあるのだがな」

増田はそう言って、桑兵衛たちに目をやり、

「道場から姿を消した青柳たちだがな。行き先は、分かるのか」

と、訊いた。

「分かりませんが、ちかいうちに道場にもどるはずです。奪った金の一部は、道場か母屋のどこかに隠されているはずですし、道場へもどらねば、あらたに道場をひらくことはできません」

桑兵衛が言った。

「わしも、そうみる。だが、青柳たちが道場にもどるのを待ち、取り押さえて口を割らせるより、確かで早い手があるのではないか」

増田が声をあらためて言った。

「どのような手でしょうか」

　桑兵衛が訊いた。

「滝川から聞いたのだがな。青柳道場には、青木の次男の峰次郎なる者が門弟として通っていたそうではないか」

「はい」

　桑兵衛がうなずいた。

「峰次郎も、道場主の青柳や秋葉が、商家に押し入って金を奪ったことは知っているのではないか」

「知っているはずです」

「奪った金が、親の青木与左衛門に渡っていることもな」

「いかさま」

　桑兵衛が言った。

「峰次郎が、賊のひとりということもある」

　増田はそう言った後、いっとき間を置いてから、

「いずれにしろ、峰次郎を捕らえて口上書をとれば、青木も言い逃れはできまい」

　と、語気を強くして言った。

「御目付さまの仰《おお》せのとおりです」

滝川が言うと、脇に座していた久保もうなずいた。

「すぐに、峰次郎を捕縛できるよう手を打ちます」

そう言って、滝川が低頭した。

「油断するなよ。相手は、一刀流の遣い手のようだからな」

増田が桑兵衛たち三人に目をやって言った。

桑兵衛は滝川たちと増田家の屋敷を出た後、来た道を引き返しながら、

「帰りがけに、青柳道場に寄ってみないか」

と、滝川に訊いた。まだ陽は頭上にあったので、松田町にある青柳道場に立ち寄る間はある。

「寄ってみよう」

滝川が言った。

桑兵衛たち三人が、神田川にかかる和泉橋を渡った。そして、平永町を経て松田町に入った。

そのとき、桑兵衛は背後から近付いてくる足音を耳にした。振り返ると、弐平が小走りに近寄ってくる。

桑兵衛は足をとめ、弐平がそばに来るのを待って、

「弐平、どこへ行く」

と、訊いた。滝川たちも足をとめ、弐平に目をやった。

「どこへ行くのか訊きてえのは、こっちでさァ」

弐平が、桑兵衛に身を寄せて言った。

「おれたちは、青柳道場へ行くつもりだ。青柳たちが道場から逃げた後、道場はどうなったかと思ってな」

「あっしも、道場へ様子を見にいくつもりだったんでさァ。旦那たちが、青柳道場に踏み込んだ後、二度、道場に行ってみたんですがね。青柳も秋葉も、いねえようでしたぜ」

「今日も、いないかな」

「分からねえ。道場に青柳と秋葉はいなかったんですがね。何人かの門弟が来て、稽古はしてたようですぜ。……それに、裏手の母屋に、青柳たちがもどった様子がありやした」

弐平によると、道場の脇から裏手の母屋に近付いたとき、家のなかからひとのいるような足音が聞こえたという。

「無理をして、母屋を覗いてみなかったんでさァ。青柳も秋葉も腕がたちやすからね。見つかったら、生きちゃァいられねえ」

弐平が首をすくめて言った。

「青柳たちは、母屋にもどっているかもしれんな」

そんなやりとりをして歩いているうちに、桑兵衛たちは、青柳道場の見える路地まで来ていた。

8

「稽古の音は、聞こえないな」

桑兵衛たちは、道場の戸口に近付いた。

……だれかいる！

道場のなかで、話し声が聞こえた。二、三人いるようだ。会話から若い武士らしいことが知れた。門弟らしい。

「踏み込むか」

滝川が身を乗り出して言った。

「いや、出てくるのを待とう」

桑兵衛は、門弟ならそれとなく様子を訊いた方がいいと思った。青柳たちに、桑兵衛たちが探りにきたことを知られずに済む。

桑兵衛たちは来た道を引き返し、道場からすこし離れた路傍の樹陰に身を隠して、門弟が出てくるのを待った。

門弟は、なかなか出てこなかった。桑兵衛たちが樹陰に身を隠し、半刻（一時間）も経ったろうか。

「あっしが、様子を見てきやしょう」

と言って、弐平が樹陰から出たとき、道場の戸口からふたりの武士が姿を見せた。門弟らしく、小袖に袴姿で下駄《げた》履《ば》きだった。

ふたりは、何やら話しながら桑兵衛たちの方に歩いてくる。

「おれが訊いてみる」

そう言い残し、桑兵衛は樹陰から出た。桑兵衛は、青柳と秋葉だけでなく、青木与左衛門の次男の峰次郎のことも訊いてみたかった。

桑兵衛は、ふたりの武士が近付いてくる方に足をむけた。ふたりの武士は前からくる桑兵衛に気付くと、脇に身を寄せて足を速めた。ふたりとも、まだ十五、六と思われる若侍である。

桑兵衛は路地のなかほどで足をとめ、

「しばし、しばし」

と、ふたりに声をかけた。

「何か御用ですか」

長身の武士が、足をとめて訊いた。もうひとりの中背《ちゆうぜい》の武士も足をとめ、桑兵衛に目をむけている。

「おふたりは、青柳道場の門弟かな」

桑兵衛が穏やかな声で訊いた。

「そうです」

長身の武士が応えた。

「それがし、若いころ一刀流の道場で青柳どのと同門だったのだ。久し振りで訪ねてきたのだが、青柳どのは、道場におられるのか」

桑兵衛は、もっともらしい作り話を口にしてから訊いた。

「御師匠は、おられません」

もうひとりの中背の武士が言った。

「道場ではなく、母屋におられるのかな」

「いえ、このところ留守にされているようです」

「母屋にも帰ってないのか」

「ときおり帰られるようですが、道場の稽古をみるだけで母屋に泊まらないようです」

「秋葉どのも、いっしょかな」

桑兵衛は秋葉の名も出した。

「そうです。秋葉さまも、御師匠といっしょです」

すぐに、中背の武士が言った。桑兵衛が、青柳だけでなく秋葉の名も出したので、すっかり信用したようだ。

「ところで、青柳道場には、青木峰次郎どのも門弟として通っていたはずだが、いまも稽古に通っているのかな」

桑兵衛は、峰次郎の名を出した。

「よく御存じですね」

中背の武士は驚いたような顔をして、そう言った後、

「峰次郎どのは、久しく道場に姿を見せなかったのですが、ちかごろ道場に顔を出す

ようになりました」

と言った後、もうひとりの長身の武士と顔を見合わせた。

「峰次郎どのは、道場主の青柳どのや秋葉どのとは、親しくしているのではないか」

「はい、道場以外でも付き合いがあるらしく、御師匠や秋葉さまといっしょに出かけることがあるようです」

「そうか」

桑兵衛は、峰次郎も青柳や秋葉の仲間だと確信した。盗賊として商家に押し入ったかどうか分からないが、父親の青木与左衛門と青柳たちとの繋《つな》ぎ役であることはまちがいないようだ。

「足をとめさせて、済まなかったな」

桑兵衛は、ふたりに礼を言って別れた。

桑兵衛は滝川たちの待っている樹陰にもどると、ふたりの門弟から聞いたことをかいつまんで話した。

「さすが、狩谷の旦那だ。うまく聞き出しやした」

弐平が感心したように言った。

「どうする」

桑兵衛が、滝川たちに顔をむけて訊いた。

「念のため、裏手の母屋を覗いてみないか」

滝川が言った。

「そうだな」

桑兵衛たち四人は、樹陰から出ると道場に近付いた。

門弟たちに気付かれないように、道場の戸口に身を寄せてなかの様子をうかがったが、ひとのいる気配はなかった。

桑兵衛たちは、道場の脇を通って裏手にまわった。母屋もひっそりとして、物音や人声は聞こえなかった。

「ちょいと、あっしが覗いてきやしょう」

そう言い残し、弐平が母屋の戸口に近付いた。

弐平は母屋の戸口の前で地面や板戸に目をやり、何か探っていたが、すぐに板戸に身を寄せた。弐平は家のなかの物音を聞いているようだったが、いっときすると桑兵衛たちのところにもどってきた。

「だれも、いねえようですゼ」

弐平によると、母屋から物音も話し声も聞こえなかったという。

「やはり留守か」

桑兵衛が言った。

「戸口に、家に出入りした足跡が残っていやした」

弐平によると、最近出入りした足跡らしいという。どうやら、足跡を見るために戸口で地面に目をやっていたようだ。

「さすが、弐平親分だ。おれたちとは、目のつけどころが違う」

桑兵衛が、感心したように言った。

第五章　山彦

1

「弐平が、来てます」

唐十郎が、和泉橋のたもとを指差して言った。弐平が神田川の岸際に立って、唐十郎たちに目をやっている。

桑兵衛、唐十郎、弥次郎の三人は、道場を出た後、和泉橋の方へむかって歩いていた。これから、弐平も連れて青柳道場に行くつもりだった。

狙いは、青木家の次男の峰次郎を捕らえることである。桑兵衛たちは、峰次郎を捕縛して訊問《じんもん》すれば、盗賊のことも御納戸頭の青木の奸計《かんけい》もあきらかになるとみた。ただ、峰次郎が青柳道場に来ているかどうか分からない。

滝川と久保の姿はなかった。ふたりは、本郷へ出かけているはずだった。青木家の屋敷を見張るためである。滝川たちも、峰次郎が姿を見せたら捕らえることになっていたのだ。桑兵衛たちが和泉橋に近付くと、弐平が近寄ってきて、

「待ってやした」

と、口許に薄笑いを浮かべて言った。

「いくぞ」

桑兵衛が、あらためて男たちに声をかけた。

桑兵衛たち四人は、人目を引かないようにすこし離れて歩いた。松田町へ入り、前方に青柳道場が見える路地まで来ると、路傍に足をとめた。

「稽古をしているようだ」

桑兵衛が言った。遠方の道場から、かすかに竹刀を打ち合う音や気合などが聞こえてきた。

「何人か、稽古をしているようです」

唐十郎が言った。竹刀を打ち合う音や気合から、数人が稽古をしていることが知れたのだ。

「めずらしいな。ただ、竹刀を打ち合っているだけで、防具をつけての稽古ではないだろう。……いずれにしろ、道場に踏み込んで探るわけにはいかないな」

桑兵衛は、稽古が終わるのを待つしかない、と言い添えた。

すると、桑兵衛の脇にいた弐平が、

「あっしが、様子を見てきやすよ」

と言って、その場を離れようとした。

そして、弐平の方に近付いてきた。

「弐平、気付かれるな」

桑兵衛が声をかけた。

「なに、ちょいと、覗いてみるだけでさァ」

そう言って、弐平はその場を離れた。

弐平が道場に近付いたときだった。ふたりの門弟らしい男が、道場から出てきた。そして、弐平の方に近付いてきた。


弐平は戸惑うような素振りを見せたが、ふたりの門弟に近付いた。

樹陰から見ていた桑兵衛は、左手で腰の刀の鍔元を握《にぎ》った。何かあれば、飛び出して弐平を助けるつもりだった。

弐平はふたりの武士と何やら話しながら、桑兵衛たちが身を潜めている方に歩いてくる。弐平はうまく話しかけたらしく、ふたりの武士に笑みが浮いていた。

弐平はふたりの武士と話しながら、桑兵衛たちが身をひそめている場を通り過ぎた。そして、一町ほど話しながら歩いてから、足をとめた。弐平はふたりの武士に礼を言った後、足早にもどってきた。ふたりの武士は振り返って見ることもなく、そのまま路地を歩いていく。

弐平は、桑兵衛たちのそばに来るなり、

「峰次郎は、道場に来てないようです」

と言った後、すぐに、「ちかごろ、午後の稽古に顔を見せることがあるそうですぜ」

と言い添えた。

「午後の稽古を待つか」

桑兵衛が、その場にいた弥次郎と唐十郎に目をやって言った。

桑兵衛たちは表通りに出て、一膳めし屋にでも立ち寄り、腹拵《はらごしら》えをしてからこの場にもどることにした。

桑兵衛たちは一膳めし屋から出ると、ふたたび路地に入り、青柳道場が見える場にもどった。

「道場の稽古は、まだのようです」

唐十郎が言った。

青柳道場はひっそりしていた。竹刀を打ち合う音も気合も聞こえない。

「門弟らしいのが、来やすぜ」

弐平が、路地の先に目をやって言った。

ふたりの若い武士が、何やら話しながら歩《ゆ》いてくる。ふたりとも小袖に袴姿で、下駄履きだった。ひとりは、防具の面や胴を結わえた木刀を担《かつ》いでいる。

「あのふたりではない。峰次郎は、背が高く、浅黒い顔、右頬に黒子があると聞いている」

桑兵衛は、峰次郎の容貌を市谷から聞いていたのだ。

桑兵衛たちは、ふたりの若い武士を見過ごした。

「また、来やす」

弐平が通りの先を指差した。

ひとりだった。小袖に袴姿で、二刀を帯びていた。防具や竹刀などは持っていない。

「あの男かもしれん」

桑兵衛が言った。背の高い武士だった。足早に、道場の方へ歩いてくる。

桑兵衛は、身を乗り出すようにして武士を見つめた。顔がしだいにはっきりしてきた。……浅黒い顔で、右頬に黒子がある！

桑兵衛は、武士が峰次郎だと確信した。

「峰次郎だ！　手筈どおりだぞ」

桑兵衛は、その場にいた唐十郎と弥次郎に声をかけた。ふたりは、無言でうなずいた。

峰次郎が間近に迫ったとき、桑兵衛は刀を抜き、刀身を峰に返した。唐十郎と弥次郎も刀を抜いた。三人とも抜き打ちで斬るのではなく、峰次郎に峰打ちをあびせ、生きたまま捕らえるつもりなのだ。

「いくぞ！」

桑兵衛が声を殺して言い、樹陰から路地に飛び出した。つづいて、唐十郎と弥次郎も走り出た。

桑兵衛は峰次郎の前に、唐十郎と弥次郎は背後へ。三人とも、抜き身を手にしたままである。

峰次郎は、桑兵衛たちの姿を目にし、ギョッとしたように体を硬くしてその場につっ立った。

桑兵衛が、素早い動きで峰次郎に迫った。

「狩谷か！」

叫びざま、峰次郎は腰の刀に手を添えた。どうやら、桑兵衛のことを知っているようだ。峰次郎が刀を抜こうとしたとき、

「遅い！」

桑兵衛が声を上げ、刀を横に払った。居合の抜き打ちではなかったが、一瞬の太刀

捌きである。

ドスッ、という鈍い音がし、峰次郎の上半身が前に傾《かし》いだ。峰打ちが、腹を強打したのである。

峰次郎は両手で腹を押さえ、その場に蹲った。

「弐平、縄をかけてくれ」

桑兵衛が声をかけた。

弐平は細引を取り出すと、峰次郎の両腕を後ろにとって早縄をかけた。長年岡っ引きをやっているだけあって、縄をかけるのは巧《たく》みである。

2

桑兵衛たちは、捕らえた峰次郎ができるだけ人目にとまらないように人気《ひとけ》のない路地や新道をたどって、小宮山流居合の道場に連れ込んだ。

峰次郎を道場のなかほどに座らせ、桑兵衛たち四人が取り囲んだ。道場内は薄暗かったが、明かりは用意しなかった。話を聞くのは、暗がりでも支障《ししょう》ない。

「ここは、小宮山流居合の道場だ」

桑兵衛はそう言った後、

「峰次郎、訊きたいことがある。青柳は道場や母屋にいないとき、どこにいるのだ」

と、峰次郎を見すえて訊いた。

「し、知らぬ」

峰次郎が声をつまらせて言った。

「居合は真剣を遣うのでな、稽古中、怪我《けが》をする者もいる。なかには、命を落とす者もいないではない。おぬしも、ここで死ねば、居合の稽古中死んだことになるな」

桑兵衛の物言いは静かだったが、低くて太い凄《すご》みのある声だった。

「……！」

峰次郎の顔が、恐怖でゆがんだ。

「青柳はどこにいる」

「ど、道場と同じ、松田町と聞いている。おれは行ったことはないが、妻女のいる借家らしい」

峰次郎の声が震えた。

「松田町のどの辺りだ」

借家と分かっただけでは、探し出すのがむずかしい。

「近くに、老舗《しにせ》のそば屋があるそうだ」

「そば屋の店の名は」

「シノダヤだったか、ササダヤだったか……」

峰次郎は、首をひねった。思い出せないようだ。

桑兵衛は、手分けして探せば分かるだろうと思い、

「ところで、商家に押し入って奪った金は、どこに隠してある」

と、語気を強くして訊いた。

「し、しらぬ」

また、峰次郎の体が顫え出した。

「青柳道場にも、大金が渡っているはずだ。道場を建て直す金に使われるはずだからな」

「お、おれは、知らない」

峰次郎の体の顫えが激しくなった。

「青柳が持っているはずだ」

さらに、桑兵衛が訊いた。

「……！」

峰次郎は、桑兵衛から視線を逸らせて膝先に落とした。桑兵衛の顔を見ていられなくなったらしい。

「それとも、おまえが預かっているのか」

「おれは、預かっていない」

峰次郎が、顔を上げて言った。

「では、どこにある」

桑兵衛が畳み掛けるように訊いた。

「さ、妻女のいる借家らしい」

峰次郎が声をつまらせて言った。

「そうか」

桑兵衛はいっとき間をとった後、

「ところで、盗賊は五人だが、ひとりは腹を切った横山恭之助、それに秋葉彦九郎、仲間に殺された市谷橋之助、道場主の青柳泉九郎の四人……」

そう言って、峰次郎を見すえた。

峰次郎の顔から血《ち》の気《け》が引き、視線が揺れた。体の顫えがさらに激しくなっている。

「残るひとりは、おぬしだな」

桑兵衛が、強いひびきのある声で言った。

「お、おれは、盗賊ではない」

峰次郎が声を震わせて言った。

「では、だれだ」

「知らぬ」

「おぬしの父親、御納戸頭の青木与左衛門に、盗賊一味から大金が渡っていることも分かっている」

「そ、そのようなことはない」

「与左衛門に渡った金が、さらに幕閣に渡されたことも、承知している」

「……！」

峰次郎が、驚いたような顔をして桑兵衛を見た。そこまでつかまれているとは思わなかったのだろう。

「市谷が死に際《しにぎわ》にな、みんな話したのだ。それに、おぬしの父が御小納戸頭取の座を狙って金を使ったことも、目付筋の者たちがつかんでいる」

桑兵衛は御目付の増田から聞いたのだが、目付筋と口にして、滝川たちであることを匂わせたのだ。

峰次郎の肩が、がっくりと落ちた。

桑兵衛はいっとき間を置いた後、

「何か、訊くことはあるか」

その場にいた唐十郎たち三人に目をやって訊いた。

弥次郎が首を横に振ってから、

「この男、どうしますか」

と、小声で訊いた。

「今夜は、ここでゆっくり休んでもらう」

桑兵衛は、明日にも峰次郎を滝川たちに引き渡すつもりだった。

滝川たちが、峰次郎から口上書をとるにちがいない。そうなれば、青木与左衛門の悪事もはっきりするだろう。

3

翌朝、滝川と久保が桑兵衛の道場に姿を見せた。昨日、弐平に頼んで、滝川に道場に来るよう伝えてもらったのだ。

桑兵衛は、滝川たちに門弟たちの着替えの場に監禁している峰次郎と会わせてから、道場の師範座所に腰を下ろした。

桑兵衛は、峰次郎が自白したことを一通り話し、

「峰次郎のことは、ふたりに任せる」

と、言い添えた。

「狩谷どのたちの御陰で、青木たちの悪事がはっきりした。すぐに、御目付の増田さまに話すつもりだ」

滝川が言うと、

「桑兵衛どのたちは、どうされる」

と、久保が訊いた。

「おれたちには、まだやらねばならないことがある。……秋葉と道場主の青柳が残っているからな」

桑兵衛は、ふたりを捕らえることは難しいので、勝負して斬ることになるとみていた。ただ、ふたりとも遣い手だったので、勝負がどうなるか分からない。下手をすれば、返り討ちにされるかもしれない。未熟なところがある唐十郎も無事ではいられな

いおそれがある。

「狩谷どの、目付筋の者を動員して青柳と秋葉を捕らえる手もあるが」

滝川が桑兵衛に目をやって言った。

「いや、これは剣に生きる者にとって、逃れられない勝負とみている。小宮山流居合と一刀流の他流試合といってもいい」

桑兵衛は、秋葉の遣う悲笛の剣を知ってから、勝負して決着をつけねばならない相手と思っていたのだ。

「武運を祈っている」

滝川が言うと、久保もうなずいた。ふたりのことは、桑兵衛に任せるしかないと思ったようだ。

滝川と久保が峰次郎を連れて道場を出ようとすると、桑兵衛は念のため弥次郎を同行させた。

桑兵衛は滝川たちを見送った後、唐十郎を稽古場に呼んだ。

「唐十郎、青柳と秋葉は、おれたちが討つことになりそうだ」

桑兵衛が決然として言った。

「はい」

唐十郎は、真剣な顔をして桑兵衛を見つめている。

「おれは、秋葉の遣う悲笛の剣と立ち合うつもりだが、青柳がいっしょにいれば、唐十郎が相手をせねばならない」

「……」

唐十郎は無言で頷いた。双眸に、剣客らしい鋭いひかりが宿っている。

「おれは、霞剣を遣うつもりだが、唐十郎は何を遣う」

桑兵衛が訊くと、唐十郎はいっとき虚空に視線をむけていたが、

「青柳の構えによります」

と、桑兵衛に目をやって言った。

「もっともだ。……ならば、おれが、青柳になる。唐十郎、おれを相手に抜いてみろ」

桑兵衛は、唐十郎と四間（約七・三メートル）ほどの間をとって抜刀し、

「青柳は、おれたちが居合を遣うと知っている。居合の技が遣えない遠間に立って、仕掛けてくるとみていい」

と言い、手にした刀を上段に構えた。

すると、居合の抜刀体勢をとっていた唐十郎が刀を抜いた。そして、桑兵衛と同じ上段に構えたのだ。

「居合を遣わずに、抜いたか」

鋭く目をひからせた桑兵衛は、遠間のまま上段から青眼に構えなおした。

すぐに、唐十郎も青眼に構えた。

「山彦《やまびこ》か」

桑兵衛が息子を試すようにうなずいた。小宮山流居合の奥伝三勢のひとつに山彦と呼ばれる必殺剣があった。これは、敵が上段に構えれば上段に、下段に構えれば下段に構え、ちょうど、山に谺《こだま》するように敵と同じ動きをする。

そして、敵の攻撃を読むと同時に敵の苛立《いらだ》ちを誘うのだ。

「ならば、下段だ」

桑兵衛が、青眼から下段に構え直そうとしたとき、唐十郎も同じように切っ先を下げたが、同時に摺り足で桑兵衛との間合を詰めた。

迅《はや》い！　素早い寄り身である。

「入身迅雷！」

唐十郎が声を上げ、一気に一足一刀の斬撃の間境を越えるや否や仕掛けた。

山彦から入身迅雷の寄り身で桑兵衛に迫り、下段から居合の抜き付けの呼吸で、逆袈裟に斬り上げたのである。

桑兵衛は、一歩身を引いて唐十郎の切っ先をかわした。いや、その場に立っていても、切っ先は桑兵衛にとどかなかっただろう。唐十郎は、切っ先が桑兵衛の体に触れないように、十分に間合をとったまま斬り上げたのだ。

桑兵衛は刀を鞘に納めると、

「唐十郎、いい動きだ」

そう褒めた後、厳しい目つきで「次は、敵が抜く前に踏み込め」と言って、今度は三間ほどの間合を取って、唐十郎と対峙した。

すぐに、唐十郎は刀の柄に右手を添え、居合の抜刀体勢をとった。

「いくぞ！」

桑兵衛が刀の柄に右手を添えて、刀を抜こうとした瞬間だった。

唐十郎は、素早い動きで桑兵衛との間をつめた。しかも、居合の抜刀体勢をとったままである。

桑兵衛が抜刀した。その一瞬をとらえて、唐十郎が抜いた。

抜刀から横一文字へ——。一瞬の抜き打ちだった。

小宮山流居合の中伝の技のひとつ稲妻である。敵が刀を抜こうとした瞬間や上段に構えた隙に、刀を抜きざま横一文字に払うのだ。その迅さと刀身の放つ閃光が稲妻のように見えることから、そう呼ばれるようになったのだ。稲妻は敵との間合の読みと、抜刀の迅さが命の技である。

「いま、一手！」

桑兵衛は声を上げ、今度は青眼に構えて切っ先を唐十郎にむけた。

「オオッ！」

と、唐十郎は声を上げ、桑兵衛と対峙すると、すぐに居合の抜刀体勢をとった。

青柳を想定したふたりの稽古は、全身汗まみれになり、唐十郎の足がふらつくようになるまでつづいた。

4

その日、桑兵衛と唐十郎が、道場で稽古を終えて半刻（一時間）ほど経ったとき、弐平が姿を見せた。

「旦那、青柳と秋葉は、青柳道場にいないことが多いようですぜ」

弐平が、桑兵衛に目をやって言った。

「ふたりは、道場に来てないのか」

桑兵衛が訊いた。

「道場から出てきた門弟に、訊いたんですがね。ここ三日ほど、青柳と秋葉は道場に顔を出すだけのようでさァ」

「目付筋の者の手が伸びるとみて、用心しているのかもしれん」

青柳と秋葉は、滝川たち目付筋の者が、峰次郎を捕らえたことを知ったはずだ、と桑兵衛はみた。

「道場に行ってみるか」

桑兵衛が言うと、すぐに唐十郎がうなずいた。

ふたりは稽古着を着替え、大刀だけを腰に帯びた。居合の場合、大小を帯びていると遣いづらい。桑兵衛と唐十郎の胸の内には、青柳と秋葉がいれば、ふたりと闘うことになるかもしれない、との読みがあったのだ。

桑兵衛たちは松田町まで行き、路地の先に青柳道場が見える場所まで来ると足をとめた。

「やはり、稽古はしてないようだ」

桑兵衛が言った。道場から稽古の音は聞こえてこなかった。もっとも、門弟たちが道場に顔を出すことはあっても、稽古らしい稽古はしていないはずだ。

「どうしやす」

弐平が訊いた。

桑兵衛は、道場にはだれもいないとみて、

「腹拵えをしておくか」

と、弐平と唐十郎に目をやって言った。

桑兵衛たちはいったん表通りにもどり、一膳めし屋を見つけて、腹拵えをした。

青柳道場のある路地にもどると、

「門弟たちが姿を見せるまで、近所で話を訊いてみよう」

桑兵衛が言って、三人は半刻（一時間）ほどしたら、この場にもどることにして別れた。

桑兵衛はひとりになると、念のため道場の前を通ってだれもいないことを確かめてから、路地沿いにあったいくつかの店に立ち寄り、青柳道場のことや道場主の青柳のこと、さらに食客の秋葉のことも訊いてみた。

新たなことは、知れなかった。ちかごろ、門弟の姿をあまり見掛けなくなったことや稽古の音がしない日が多いことなどを聞いただけである。

桑兵衛が別れた場所にもどると、唐十郎と弐平が待っていた。桑兵衛は聞き込んだことを話した後、

「何か知れたか」

と、唐十郎と弐平に目をやって訊いた。

「父上と同じことしか知れませんでした」

悔しそうに唐十郎が言うと、脇にいた弐平が、

「青柳と秋葉は、陽が沈むころ出かけることがあるようですぜ」

と言って、話しだした。

弐平が聞いた話によると、青柳と秋葉は暮れ六ツ（午後六時）ごろ、表通りにある縄暖簾《なわのれん》を出した飲み屋や小料理屋などに出かけることがあるという。

「ふたりを狙うなら、そのときだな」

青柳と秋葉のふたりは、門弟たちのいない夕暮れ時にこの路地を通ることがあるらしい。ふたりを討ち取るには、絶好の機会である。

その日、桑兵衛たち三人は、陽が沈んで辺りが夕闇につつまれるまで、その場に身をひそめて青柳と秋葉が姿をあらわすのを待った。だが、ふたりは姿を見せなかった。

「また、明日だ」

桑兵衛が、唐十郎と弐平に目をやって言った。

翌日、桑兵衛たちは陽が西の空にまわったころ、青柳道場の見える路地に来て、青柳と秋葉が来るのを待ったが、この日もふたりは姿を見せなかった。

桑兵衛たちが青柳道場の近くの路地に来て、青柳たちが姿をあらわすのを待つようになって三日目だった。

路地の樹陰から道場の方に目をやっていた唐十郎が、

「来た！　青柳たちだ」

と、興奮を押し殺しながら声を上げた。

見ると、青柳道場の前にふたりの武士の姿があった。青柳と秋葉である。ふたりは、何やら話しながらこちらに歩いてくる。

「仕度をしろ」

桑兵衛が冷静な声で、唐十郎に声をかけた。

「はい！」

唐十郎は、勢い込んで立ち合いの仕度を始めた。仕度といっても簡単だった。袴の股立をとり、刀の目釘を確かめるだけである。

青柳と秋葉が、半町ほど先まで来たときだった。唐十郎が、刀の柄に右手を添えて路地に飛び出そうとした。

桑兵衛は唐十郎の前に手を伸ばし、

「焦るな。もっと、近付いてからだ」

と言って、飛び出すのをとめた。唐十郎はすぐにでも飛び出したいと目で訴えたが、桑兵衛がいつになく鋭い目つきで制した。

青柳と秋葉は、何やら話しながら歩いてくる。桑兵衛たちの存在には、まだ気付いていないようだ。桑兵衛は、秋葉たちが十間ほどに近付いたとき、樹陰から通りに飛び出した。つづいて唐十郎が飛び出し、通りの脇を走って秋葉たちの後方にまわった。青柳と秋葉を逃がさないためだが、ふたりを引き離す狙いもあった。

弐平だけは樹陰にとどまり、青柳と秋葉に目をやっていた。ふたりが逃走した場合、跡を尾けるのである。

青柳たちは、いきなり飛び出してきた桑兵衛と唐十郎を見て、驚いたような顔をしたが、逃げる素振りは見せなかった。おそらく、敵はふたりだけとみて、返り討ちにできると踏んだのだろう。

5

桑兵衛は秋葉の前に立ち、

「おぬしの相手は、おれだ」

と言って、刀の柄に右手を添えた。

すると、秋葉の脇にいた青柳が、

「おれの相手は、小僧か」

と薄笑いを浮かべて、踵を返した。相手はまだ少年とみて侮《あなど》ったようだ。

青柳は秋葉から離れ、自分から唐十郎に近付いた。秋葉が自在に刀がふるえるように間合をとったようだ。桑兵衛は唐十郎に心配そうな目をむけたが、それも一瞬のことで、すぐに秋葉に向き直った。

桑兵衛と秋葉は、三間半ほどの間合をとって対峙した。桑兵衛は、左手で刀の鍔元を握り、鯉口を切った。そして、右手を柄に添えた。いつでも抜刀できる体勢をとったのである。

「今日こそ、おのれの素《そ》っ首《くび》から血を噴かせてやる」

言いざま、秋葉は刀を抜いた。そして、青眼に構えた。剣尖を桑兵衛の目線につけている。まだ悲笛の構えではない。

……霞剣を遣う。

以前、桑兵衛は秋葉と立ち合ったとき、霞剣を遣った。霞剣は抜き付けた刀身が、一瞬敵の目線からはずれて見えなくなるため、効果があったのだ。

「うぬの居合、恐れはせぬ」

秋葉が桑兵衛を見すえて言った。双眸が、切っ先のような鋭いひかりを放っている。

秋葉はゆっくりとした動きで、脇構えにとった。そして、刀身を後ろに引いて切っ先を背後にむけた。

その刀身が、ほぼ水平になっているため、桑兵衛には見えなかった。見えるのは、柄頭だけである。

……悲笛の構えだ！

すでに、桑兵衛は秋葉と立ち合ったとき、悲笛の構えを目にしていたのだ。

ふたりは、対峙したまま動かなかった。桑兵衛は居合の抜刀体勢をとり、秋葉は悲笛の構えをとっている。

ふたりは全身に気勢を込め、斬撃の気配を見せて、気魄で攻め合っていた。気攻めである。

「いくぞ！」

先《せん》をとったのは、秋葉だった。

秋葉は趾《あしゆび》を這うように動かし、悲笛の構えをとったままジリジリと間合を狭めてきた。対する桑兵衛は、動かなかった。気を鎮《しず》めて、秋葉との間合と霞剣を放つ機をうかがっている。

唐十郎は青柳と三間ほどの間合をとって対峙していた。

「小僧、おれとやるつもりか」

青柳が嘯《うそぶ》くように言って刀を抜き、青眼に構えた切っ先を唐十郎にむけた。すかさず、唐十郎も刀を抜いた。そして、青柳と同じ青眼に構えたのである。

「抜いたのか！」

青柳が驚いたような顔をした。居合を遣う唐十郎が、いきなり刀を抜いて青眼に構えたからだろう。

唐十郎は無言のまま、青眼に構えた切っ先を青柳の目線につけた。ふたりは、相青眼に構えて対峙した。

ふたりの間合は、三間ほどのままだった。一足一刀の斬撃の間境の外である。

「小僧、逃げるなら、いまのうちだぞ」

青柳がそう言って、切っ先をかすかに上下させた。すると、唐十郎も同じように切っ先を上下させた。

「……！」

青柳が目を剝いた。唐十郎が、自分と同じように青眼に構え、さらに切っ先を動かすところまでいっしょだったからだ。

青柳は青眼に構えた切っ先を下げて、下段にとった。すぐに、唐十郎も下段に構えを変えた。

「な、何の真似《まね》だ！」

青柳が、声をつまらせて言った。このとき、青柳の切っ先が揺れた。驚きと苛立ちで、体に力が入ったのである。

唐十郎は青柳の気が乱れたのを察知すると、

「山彦！」

と声を上げ、素早い動きで青柳に迫った。小宮山流居合で入身迅雷と呼ばれる迅速な踏み込みである。

唐十郎は、山彦から入身迅雷の迅速な動きで青柳に迫り、
イヤアッ！

裂帛の気合を発しざま、下段から居合の抜刀の呼吸で逆袈裟に斬り上げた。まさに、一瞬の太刀捌きである。

その切っ先が、咄嗟に身を引こうとした青柳の胸から肩にかけてを斬り裂いた。

ザクリ、と青柳の小袖が裂け、露わになった胸に血の線がはしった。そして、血が赤い筋を引いて流れた。

青柳は驚愕に目を剝いて後じさった。手にした刀が震えている。薄く皮肉を裂かれただけだが、唐十郎の踏み込みと斬撃の迅さに驚いたらしい。

この隙に、唐十郎は刀を鞘に納め、右手で柄を握って居合の抜刀体勢をとっていた。素早い動きである。

青柳は慌てて身を引き、大きく間合をとった。

「こ、小僧！　やるな」

と、声を上げ、ふたたび青眼に構えた。だが、青柳の切っ先が、小刻みに震えていた。それに、腰も高い。まだ若造だと侮っていた唐十郎の斬撃を受け、気が動転して

いるらしい。

……稲妻で斬る！

唐十郎は、胸の内で声を上げた。

稲妻は片手斬りで肘《ひじ》を伸ばして刀を横に払うため、切っ先が一尺ほども伸びる。唐十郎は青柳の首か顔を狙おうと思った。

唐十郎と青柳の間合は、三間半ほどあった。青柳は、先程より半間ほど間合をひろくとっていたのだ。

青柳は青眼に構えたまま、大きく息を吸って吐いた。気の昂りを鎮めて平静さを取り戻そうとしたらしい。

「青柳、いくぞ」

唐十郎が先にしかけた。

唐十郎は、居合の抜刀体勢をとったまま摺り足で青柳との間合を狭め始めた。

すると、青柳が身を引いた。しかも、唐十郎と同じ速さである。ふたりの間合は、三間半ほどのままだった。

青柳は己の気を鎮め、唐十郎の気を乱すつもりなのだ。青柳は道場主だった。落ち着いてかかれば、こんな若造に負けるはずがない、との思いがあった。

6

桑兵衛は、秋葉と対峙していた。先に動いたのは秋葉だった。悲笛の構えをとったままますこしずつ間合を狭めてきた。

桑兵衛は動かず、秋葉との間合を読んでいた。気を鎮めて、霞剣を放つ機をうかがっている。

ふたりの間合が狭まり、秋葉が一足一刀の斬撃の間境に迫ってきた。秋葉の全身に気勢が満ち、斬撃の気配が高まっている。

……霞剣を放つ間合まで、あと一間。

桑兵衛が胸の内で読んだ。

そのとき、ふいに秋葉の寄り身がとまった。このまま斬撃の間境に踏み込むと、桑兵衛の抜き打ちをあびるとみたのだろう。

ふたりは、対峙したまま動かなかった。その場に立ったまま全身に気勢を張らせ、斬撃の気配を見せて敵を攻めた。気攻めである。

ふたりは、動かない。気攻めがつづいている。お互いが相手の気を乱してから、仕掛けるつもりなのだ。

そのとき、「いくぞ！」という青柳の声がひびいた。青柳が先に唐十郎に仕掛けたらしい。その青柳の声で、桑兵衛と秋葉をつつんでいた緊張が裂けた。

秋葉が、悲笛をはなつ構えをとったまま一歩踏み込んだ。

すると、桑兵衛の全身に斬撃の気がはしった。

タアッ！

桑兵衛が、鋭い気合を発しざま抜き付けた。

逆袈裟へ――。閃光が稲妻のようにはしった。

間髪《かんはつ》をいれず、秋葉は刀身を横一文字に払った。悲笛の剣の一撃である。

次の瞬間、秋葉の小袖の胸の辺りが逆袈裟に裂けた。同時に、桑兵衛の左袖が横に裂けた。ふたりとも、血の色はなかった。両者の切っ先がとらえたのは、着物だけである。

ふたりは、大きく後ろに跳んだ。

桑兵衛は素早く納刀し、ふたたび右手を刀の柄に添え、居合の抜刀体勢をとった。

対する秋葉は、刀身を後ろに引き、悲笛を放つ構えをとっている。

「相打ちか」

秋葉が桑兵衛を見すえて言った。

「勝負は、これからだ」

桑兵衛は、秋葉との闘いはこれからだと思った。


このとき、唐十郎は焦《じ》っとしていた。青柳が唐十郎を焦《じ》らすために、唐十郎が踏み込むと、すかさず身を引き、ふたりの間合を三間半ほどに保っていたのだ。踵が路地の端に迫り、それ以上退がれなくなると、青柳は不敵に笑った。青柳の背後には、丈の高い雑草で覆《おお》われた空き地がひろがっている。

「青柳、逃げられないぞ」

唐十郎が、青柳を見すえて言った。

「返り討ちにしてくれるわ」

青柳の顔には不敵な笑いが残っていた。

「いくぞ！」

唐十郎は声を上げ、居合の抜刀体勢をとったまま青柳との間合を狭め始めた。

対する青柳は、唐十郎を威嚇するように八相に構えて刀身を垂直に立てた。大きな構えである。

唐十郎は、青柳の次の一手が読めずにいたが、稲妻を遣うつもりだった。

ふたりの間合は、ジリジリと狭まっていった。

……後、一歩！

唐十郎が、居合で抜き付ける間合まで後一歩と読んだ。

そのとき、青柳がふいに動いた。

イヤアッ！

と、裂帛の気合を発し、一歩踏み込みざま斬り込んできた。

大きな八相から袈裟へ——。

間髪をいれず、唐十郎が抜き付けた。神速の抜刀である。

シャッ、という刀身の鞘走る音と同時に、閃光が逆袈裟に疾った。すこし遠間からの抜き付けだったが、切っ先が青柳の右頰《ほお》を抉《えぐ》った。居合は片手斬りのため、切っ先が伸びる。

青柳の切っ先は、唐十郎の肩先をかすめて空を切った。次の瞬間、ふたりは大きく背後に跳んだ。

唐十郎は切っ先を青柳にむけたまま後じさり、ふたりの間がさらにひらくと刀身を鞘に納めた。そして、刀の柄を握り、抜刀体勢をとった。

一方、青柳は青眼に構えて切っ先を唐十郎にむけたが、刀身が揺れていた。青柳の右頬が真っ赤に染まっている。

「おのれ！」

青柳が顔をしかめて声を上げた。

右頬から流れ出た血が、顎から赤い糸のようになって流れ落ちている。

青柳はふたたび八相に構えると、すぐに仕掛けてきた。対峙しているのが、耐えられなくなったようだ。

唐十郎は、居合の抜刀体勢をとったまま気を鎮めて青柳との間合を読んでいた。もう一度、稲妻を遣うつもりだった。切っ先が顔ではなく、首をとらえれば、青柳を討ちとれるとみたのである。

青柳は、斬撃の間境に迫るや否や仕掛けた。

甲走った気合を発し、八相から真っ向へ——。

気攻めも牽制もなかった。唐突な仕掛けといっていい。

一瞬、唐十郎は、右手に体を寄せざま抜き付けた。稲妻のような閃光が、逆袈裟に疾った。

青柳の切っ先は、唐十郎の肩先をかすめて空を切り、唐十郎の切っ先は、青柳の首をとらえた。

ビュッ、と、血が赤い筋になって飛んだ。唐十郎の切っ先が、青柳の首の血管《ちくだ》を切ったらしい。

青柳は血を撒《ま》きながらよろめき、足がとまると腰から崩れるように転倒した。俯《うつぶ》せに倒れた青柳はもがくように四肢《しし》を動かしたが、首を擡《もた》げようとしなかった。その力がないようだ。いっときすると、青柳は地面につっ伏したまま動かなくなった。絶命したらしい。辺りは、青柳の血で赤い布を敷いたように真っ赤に染まっている。


秋葉は、刀身を後方にむけて悲笛をはなつ構えをとっていたが、青柳が討たれたことを目の端でとらえると、素早い動きで桑兵衛との間をとり、

「勝負、あずけた」

と言いざま、反転した。そして、抜き身を引《ひ》っ提《さ》げたまま走りだした。

「逃げるか！」

桑兵衛は秋葉の後を追ったが、すぐに足をとめた。秋葉の逃げ足は速く、追いつきそうもなかったし、唐十郎のことが気になったのだ。

桑兵衛は唐十郎のそばに走り寄り、

「唐十郎、怪我は」

と、唐十郎の頰を染めている血に目をやって訊いた。

「返り血です」

そう言って、唐十郎は手の甲で頰の血を拭った。顔には、真剣勝負のおりの緊張感が残っていた。

桑兵衛は、あらためて足許に横たわっている青柳に目をやった。青柳は血塗《ちまみ》れになっていた。すでに、息絶えて動かなかった。

「唐十郎、強くなったな」

思わず口にした桑兵衛の声には、稽古のときとはちがう父親らしい優しいひびきがあった。唐十郎は頰を紅潮させたまま無言で立っていた。

さすがに、唐十郎の顔には人を斬った後の凄絶《せいぜつ》な余韻が残っていた。

桑兵衛と唐十郎が話しているところに、樹陰から姿をあらわした弐平が近寄ってきた。

「弐平、頼みがある」

桑兵衛が声をかけた。

「何です」

「秋葉の行き先をつきとめてくれ」

そう言って、桑兵衛は遠方にちいさく見える秋葉を指差した。

「承知しやした」

弐平が、走りだした。

「弐平、無理をするな」

桑兵衛は、遠ざかっていく弐平の背に声をかけた。

7

唐十郎が青柳を討った翌日、桑兵衛と唐十郎は、道場で竹刀の素振りをしていた。体をほぐす程度の稽古である。

桑兵衛と唐十郎が竹刀の素振りをしていると、道場の戸口で、

「狩谷の旦那、いやすか」

と、弐平の声がした。

「いるぞ」

桑兵衛は竹刀の素振りをやめずに言った。

すぐに、弐平が道場に顔を出した。そして、桑兵衛たちのそばに来て、

「やってやすね」

と、声をかけた。

「弐平、何か知らせることがあって来たのではないのか」

桑兵衛が、手にした竹刀を下ろして言った。

唐十郎は青柳を討ち取ったが、桑兵衛には秋葉が残っていた。昨日、弐平は秋葉の跡を尾けたはずである。

「へい、秋葉のことで、旦那の耳に入れておきたいことがありやしてね」

弐平が言った。

「話してくれ」

「秋葉には、うまく逃げられちまったんですがね。秋葉が贔屓《ひいき》にしている小料理屋をみつけたんでさァ」

弐平によると、跡を尾けた秋葉は、道場の裏手にある母屋に入ったという。

弐平が母屋の戸口に身を寄せると、なかで土間を歩くような足音がしたが、すぐに聞こえなくなったそうだ。

弐平は思い切って、戸口の板戸をあけて家に入った。家のなかは、ひっそりとしてひとのいる気配がなかった。

秋葉は家にいない、と弐平はみて、裏手にまわった。背戸の板戸が、あいたままになっていた。しかも、かすかに足跡が残っている。

弐平は家の裏手を探したが、秋葉の姿はなかった。

「秋葉は、裏手から逃げたんでさァ。うまく、まかれやした」

弐平が渋い顔をして言った。

「秋葉は跡を尾けてくる弐平に、気付いたのだな」

桑兵衛はそう言った後、「それで、秋葉が贔屓にしている小料理屋のことで、何か知れたのか」と訊いた。

「秋葉に逃げられたままじゃァ、旦那たちに合わせる顔がねえんで、近所で聞き込んでみやした。……秋葉のことを知っている飲み屋の親爺《おやじ》が、秋葉の旦那なら、路地の先にある小料理屋を贔屓にしていて立ち寄ることがある、と話してくれたんでさァ」

弐平がつづけて話したことによると、小料理屋は美鈴《みすず》という店で、おせつという女将《おかみ》が切り盛りしているという。

「おせつという女将は、秋葉の情婦《いろ》かもしれねえ。情婦なら、秋葉はこれからも美鈴に顔を出しやすぜ」

弐平が言い添えた。

「美鈴を見張れば、いいわけだ」

　桑兵衛が言った。

「旦那、美鈴の見張りは、あっしがやりやす。秋葉が姿を見せたら跡を尾けて塒《ねぐら》をつきとめまさァ」

「すまんな」

「そのくれえのことはしねえと、でかい顔をして道場に出入りできませんや」

　弐平が、胸を張って言った。

　道場を出ていった弐平と入れ替わるように、滝川と久保が姿を見せた。弥次郎はいっしょではなかった。遅れてくるのかもしれない。滝川たちふたりは、道場に入ってくると、

「青柳たちのことが、気になってな。様子を訊きにきたのだ」

　すぐに、滝川が言った。

「秋葉を討ち取ったら、おれの方から話しに行くつもりだったのだ」

　そう前置きして、桑兵衛が昨日のことを一通り話した。

「青柳は討ち取ったのだな」

　滝川が念を押すように訊いた。

「おれではなく、唐十郎だ」

「さすが、唐十郎どのだ。桑兵衛どのと同じように、居合の遣い手だな」

滝川が感心したような顔をした。

桑兵衛は苦笑いを浮かべていたが、

「いずれにしろ、秋葉を討たねば、始末はつかぬ」

と、己に言い聞かすような口調で言った。

「秋葉の居所はつかめそうか」

滝川が訊いた。

「弐平が探っているので、近いうちにつかめるはずだ。いずれにしろ、おれの手で決着をつける」

桑兵衛が、いつになく厳しい顔をした。

次に口をひらく者がなく、道場内が沈黙につつまれたとき、

「おれたちからも、話があるのだ」

と、滝川が声をあらためて言った。

「話してくれ」

「捕らえた峰次郎だがな。御目付の増田さまが、直々《じきじき》に調べられたのだ。増田さまは

御自分で、青木与左衛門と幕閣とのかかわりを訊きたかったらしい」

滝川によると、当初峰次郎は白《しら》を切っていたが、商家から奪った金の多くが、青木与左衛門から幕閣に渡っていることを増田が話すと、観念して口をひらくようになったという。

「やはり、青木から幕閣に金が渡っていたのだな」

桑兵衛が念を押すように訊いた。

「それも、多額の金がな」

滝川の顔に、怒りの色が浮いた。己の出世のために、盗賊の奪った金を使った青木のやり方が許せなかったのだろう。

「増田さまは、峰次郎の口上書もとった。青木は言い逃れできないはずだ」

滝川が言うと、黙って聞いていた久保が、

「われらも、肩の荷が下りたような気がします」

と、言い添えた。

桑兵衛は黙ってうなずいた。ただ、桑兵衛にはやらねばならないことが残っていた。なんとしても、秋葉は己の手で討たねばならない。

第六章　隠れ家

1

門弟が帰った後、桑兵衛と唐十郎が道場で居合の稽古をしていると、戸口で足音が聞こえた。入ってきたのは、弐平だった。

弐平は道場にいる桑兵衛と唐十郎を目にすると、足早に近付いてきた。

桑兵衛は、居合の抜刀体勢をとっていた唐十郎に、

「すこし、休もう」

と声をかけ、手の甲で額《ひたい》の汗を拭《ぬぐ》った。

「秋葉の居所が知れやしたぜ」

弐平が桑兵衛に身を寄せて言った。

「知れたか!」

桑兵衛の声が、大きくなった。ここ二日、弐平は秋葉の居所をつきとめるため、松田町に出かけていたのだ。

「へい、目をつけていた小料理屋の美鈴でさァ」

弐平は、秋葉が美鈴の女将の情夫《いろ》らしいことは摑んでいたが、秋葉が店にいるかど

うかはっきりしなかったのだ。

「やはり、美鈴か」

「へい、昨日、美鈴から出てきた客から聞いたんですがね。秋葉は、美鈴の二階に寝泊まりしているらしいんで」

弐平によると、客は、秋葉が店にいるのを見たと話したという。

「そうか」

桑兵衛は、今日のうちにも松田町に行こうと思った。秋葉が美鈴にいれば呼び出して、立ち合うことになるだろう。

「おれは、これから松田町に出かける」

桑兵衛が、唐十郎に声をかけた。

「おれも、行きます」

唐十郎が真剣な顔をして言った。

「……」

桑兵衛は迷った。道場に残れといっても、唐十郎はついてくるだろう。

「遠くで、見ているだけだぞ」

桑兵衛が念を押すように言った。

「はい！」

唐十郎が桑兵衛を見つめて応えた。不服そうな素振りは微塵《みじん》も見せなかった。

「おれが秋葉に後れをとるようなことがあっても、手を出すな」

桑兵衛はそう言った後、さらにつづけた。

「いまの唐十郎では、秋葉の遣う悲笛の剣に勝てぬ。いま、秋葉に挑めば、犬死にだぞ。おれの敵《かたき》を討つつもりなら、さらに稽古を積んでからにしてくれ」

桑兵衛は、秋葉に後れをとるとは思っていなかった。ただ、真剣勝負はどう転ぶか分からない。

唐十郎は、いっとき虚空を睨むように見すえていたが、

「分かりました」

と言って、うなずいた。唐十郎も、父親を破るような相手に、その場で挑んでも勝てないことが分かったのだろう。

桑兵衛と唐十郎は稽古着を着替えてから、

「弐平、案内してくれ」

と、桑兵衛が声をかけた。

「へい」

弐平が先にたち、桑兵衛たちは松田町にむかった。

松田町に入り、青柳道場の近くまで来ると、

「稽古はしてないようだ」

桑兵衛が言った。道場から稽古の音が聞こえてこなかった。路地に、門弟たちの姿もない。

桑兵衛たちは道場の前まで行くと、足をとめた。道場はひっそりとしていた。話し声も物音も聞こえてこない。

「道場はとじたのだろうな」

桑兵衛が言った。

「一昨日から、道場はしまったままでさァ」

弐平が、門弟らしい男の姿も見掛けなかったことを話した。

「道場を建て直すどころか、門をとじることになったわけだな」

そう言って、桑兵衛は道場の前を通り過ぎた。もっとも、道場主の青柳が唐十郎に討たれたのだから、よほど実力のある後継者でもいなければ、跡を継ぐのはむずかしいだろう。弐平の先導で路地をしばらく歩くと、道幅がしだいに広くなり、行き交うひとの姿が多くなった。

通り沿いにあるそば屋、一膳めし屋、居酒屋などの飲み食いできる店が、目につくようになった。

「美鈴は、この先ですぜ」

そう言って、弐平がすこし足を速めた。

弐平は二町ほど足早に歩くと、路傍に足をとめ、

「そこの下駄屋の並びにある小料理屋が、美鈴でさァ」

と言って、斜向かいにある店を指差した。

下駄屋と並んで、小料理屋らしい店があった。洒落《しやれ》た店で、入口は格子戸《こうしど》になっていた。店の間口は狭いが、二階建てだった。二階は、店の者が寝起きする座敷になっているのかもしれない。

「店はひらいているようだ」

桑兵衛は、入口に暖簾が出ているのを見て言った。

「店の前まで行ってみやすか」

「そうだな」

桑兵衛が言った。通行人を装っていけば、店の者に不審を抱かれることはないだろう。三人は通行人を装い、弐平、唐十郎、桑兵衛の順に、すこし間をとって美鈴にむ

かった。桑兵衛は、美鈴の前まで行くと、すこし歩調を緩めた。戸口の掛け行灯《あんどん》に、

「御料理　美鈴」と書いてある。

店のなかから、嬌声《きょうせい》と客らしい男の濁声《だみごえ》が聞こえた。客が、女将を相手に飲んでいるらしい。

桑兵衛は美鈴から半町ほど歩き、先にいった弐平と唐十郎の待っている路傍に足をとめた。

「客がいやしたぜ」

弐平が言った。すると、唐十郎が、

「武士の声も、聞こえました」

と、身を乗り出すようにして言った。

「秋葉か」

すぐに、桑兵衛が訊いた。唐十郎も、秋葉の声を聞いているので、秋葉かどうか分かるはずだ。

「はっきりしません。くぐもったような声だったので、武家の言葉と分かっただけです」

唐十郎は、自信のなさそうな顔をした。

「店に客がいたことは、まちがいない。客が店から出て来るのを待って、話を聞いてみるか」

「それしかねえな」

弐平が、つぶやくような声で言った。

2

桑兵衛たち三人は、美鈴の斜向かいにあった搗米屋《つきごめや》の脇に身を隠し、美鈴の店先に目をやっていた。

「出てこねえなァ」

弐平が生欠伸《なまあくび》を噛み殺して言った。

桑兵衛たちが、その場に身を隠して半刻（一時間）ほど経ったが、美鈴から客も秋葉も出てこなかった。

「あっしが、ちょいと覗いてきやしょう」

そう言って、弐平が搗米屋の脇から路地に出ようとした。その足がとまり、「出てきやした」と、弐平が振り返って言った。

美鈴の格子戸があいて出てきたのは、客らしいふたりの男と年増《としま》だった。年増は、美鈴の女将らしい。

ふたりの男は、職人《ひと》ふうだった。女将に何やら話しかけ、下卑《げび》たことでも口にしたのか、「やだ、この男！」と、年増が声を上げ、ひとりの男の肩をたたいた。

肩をたたかれた男は笑い声を上げ、もうひとりの男といっしょに店先から離れた。ふたりの男は酔っているらしく、足がふらついていた。

女将はふたりが店先から遠ざかると、すぐに踵を返して店に入った。

「あっしが、あのふたりに訊いてきやす」

そう言い残し、弐平が小走りにふたりの男の後を追った。

弐平はふたりの男に追いつくと、何やら声をかけた。そして肩を並べて歩いていたが、いっときすると、弐平だけ足をとめた。弐平は踵を返し、小走りに桑兵衛たちのいる場にもどってきた。

「だ、旦那、知れやした」

弐平が、声をつまらせて言った。

「店に、秋葉はいるのか」

桑兵衛は、気になっていたことを訊いた。

「いやす。ふたりから聞いたんですがね。美鈴に、女将の情夫《いろ》らしい二本差しがいたそうでさァ」

「その男の名は、訊かなかったのか」

「女将は、彦さん、と呼んでいたそうですぜ」

「秋葉だな」

桑兵衛は、美鈴にいるのは秋葉にまちがいないと思った。

「旦那、どうしやす」

弐平が訊いた。

「店には、他の客もいたのか」

「ふたり、大工が飲んでるそうでさァ」

「店に踏み込んで、秋葉とやり合うわけにはいかないな」

桑兵衛は、店のなかで立ち合えば大騒ぎになるとみた。下手をすれば、秋葉に逃げられるだろう。ここで逃げられたら、探し出すのがむずかしくなる。

「どうしやす」

「もうすこし、様子をみるか」

桑兵衛は、西の空に目をやった。まだ、陽は高かった。

桑兵衛たちは、ふたたび搗米屋の脇に身を隠した。それから、半刻（一時間）ほど経ったろうか。美鈴から、ふたりの客が出てきた。ふたりとも、半纏《はんてん》に黒の丼《どんぶり》姿だった。大工らしい。丼とは腹がけの前隠しのことである。

ふたりの男は、見送りに出た女将に何やら声をかけ、店先から離れていった。女将は、すぐに店にもどった。

「旦那、ちょいと店の様子を見てきやす」

弐平はそう言い残し、ひとりで美鈴にむかった。

弐平は美鈴の入口まで行き、なかの様子をうかがっているようだったが、踵を返してもどってきた。

「店には、女将と秋葉しかいねえようで」

弐平によると、店はひっそりとして、女将と秋葉と思われる男のやりとりが聞こえただけだという。

「秋葉を、店の外に呼び出すか」

桑兵衛は、店のなかで秋葉と闘いたくなかった。狭い店のなかでは、思うように間合が取れないし、小宮山流居合は遣いづらい。

桑兵衛は、搗米屋の脇から通りに出た。通りには行き交うひとの姿があったが、道幅があるので、立ち合うことはできそうだ。それに、通りで斬り合いが始まれば、通行人たちはその場から逃げるだろう。

桑兵衛は美鈴の前まで行くと、足をとめてなかの様子をうかがった。かすかに人声が聞こえた。弐平から聞いたとおり、女将と秋葉が話しているらしい。

後ろからついてきた唐十郎と弐平も店の前で足をとめた。桑兵衛の後方に立っている。桑兵衛は格子戸に手をかけると、音のしないようにそろそろとあけた。土間の先が、小上がりになっていた。そこに、秋葉と年増の姿があった。秋葉は小上がりの隅で酒を飲んでいた。年増は、秋葉の脇に寄り添うように座して銚子《ちょうし》を手にしていた。酌《しゃく》をしていたらしい。

ふたりは店に入ってきた桑兵衛を見て、驚いたような顔をした。店のなかは薄暗かったので、秋葉も店に入ってきた武士が何者か分からなかったらしい。

桑兵衛は、戸口から小上がりに近付いた。

「狩谷か！」

秋葉が声を上げた。桑兵衛と分かったようだ。

「秋葉、表に出ろ。それとも、ここでやるか」

桑兵衛は、店のなかでやりあう気はなかったが、秋葉を外に連れ出すためにそう言ったのだ。

秋葉は一瞬、戸惑うような顔をしたが、

「いいだろう」

と言って、脇に置いてあった大刀をつかんで立ち上がった。秋葉の悲笛の剣も、狭い店のなかでは遣いづらいのだろう。

「お、おまえさん、何をするんだい」

女将が声をつまらせて言った。

「おせつ、ここにいろ。こいつを始末して、すぐにもどる」

そう言い残し、秋葉は桑兵衛につづいて美鈴から出た。

3

桑兵衛と秋葉は、美鈴からすこし離れた場で対峙した。ふたりの間合は、およそ三間半ほどだった。

唐十郎と弐平は、桑兵衛たちから七、八間離れた路傍に立っていた。唐十郎は、姿をあらわした秋葉を睨むように見すえている。

唐十郎は桑兵衛から、遠くで見ているだけだ、と釘を刺されていたが、桑兵衛が危ういとみたら助太刀するつもりでいた。目の前で、父親が斬られるのを黙って見ているわけにはいかないのだ。弐平も懐の十手を握りしめ、睨むように桑兵衛と秋葉を見つめている。

「まいる」

秋葉が声を上げ、先に刀を抜いた。そして、ゆっくりとした動きで、青眼に構えた。まだ、悲笛の剣の構えではない。

対する桑兵衛は、左手で刀の鯉口を切り、右手を柄に添えた。居合の抜刀体勢をとったのだ。

このときになって、桑兵衛たちの近くでことの成り行きを見ていた通行人たちが、悲鳴を上げて、逃げ散った。秋葉が抜刀したのを見て、巻き添えになるのを恐れたのであろう。

桑兵衛は、以前秋葉と立ち合ったときと同じ霞剣を遣うつもりだった。悲笛の剣を遣う秋葉には、効果があるとみたからだ。

「うぬの居合、おれには通じぬ」

秋葉が嘯くように言った。

桑兵衛は無言だった。秋葉が桑兵衛の気持ちを乱すために口にしたことが分かっていたからだ。

桑兵衛は気を鎮め、刀の柄に右手を添えたまま秋葉の気の動きを読んでいる。

秋葉はゆっくりとした動きで脇構えにとり、さらに刀身を後ろに引いて切っ先を背後にむけた。悲笛の剣の構えである。

桑兵衛には、秋葉の刀身が水平になっているため、柄頭しか見えなくなった。だが、桑兵衛には、驚きも恐れもなかった。すでに、悲笛の剣の構えも太刀筋も分かっていたからだ。

同じように、秋葉も桑兵衛の遣う霞剣を知っていたので、驚きや戸惑いはないようだ。

ふたりは、およそ三間半ほどの間合をとって対峙したまま動かなかった。ふたりとも全身に気勢を込め、気魄で攻め合っている。

どれほどの時が流れたのであろうか。桑兵衛も秋葉も、敵に気を集中させているため時間の経過の意識はなかった。

そのとき、路傍に立って桑兵衛たちを見ていた野次馬《やじうま》のひとりが、くしゃみをした。その音が、桑兵衛と秋葉の無言の気魄の攻め合いを劈《つんざ》いた。

「いくぞ！」

秋葉が声を上げた。

秋葉は、ジリジリと間合を狭め始めた。秋葉の全身に気勢が張り、斬撃の気配が高まってきた。

対する桑兵衛は動かず、居合の抜刀体勢をとったまま秋葉の気の動きとふたりの間合を読んでいる。

辺りは、緊張と静寂《せいじゃく》につつまれていた。秋葉の足が地面を擦る音だけが、ズッ、ズッと不気味に聞こえてくる。

……あと、一間。……あと、半間。

桑兵衛は、胸の内で居合で抜き付ける間合を読んでいた。

ふいに、秋葉の寄り身がとまった。桑兵衛が霞剣をはなつ間合まで、あと一歩のところである。秋葉は、桑兵衛の気を乱してから悲笛の剣で斬り込むつもりらしい。

秋葉は全身に気勢を漲らせ、斬撃の気配を見せると、
イヤアッ！

突如《とつじょ》、裂帛の気合を発した。

秋葉は一歩踏み込みざま、斬り込んできた。

横一文字へ――。喉を横に斬り裂く悲笛の剣の一撃である。

刹那、桑兵衛が鋭い気合とともに抜き付けた。

逆袈裟へ――。

稲妻のような閃光が疾った。

二筋の閃光が交差した次の瞬間、秋葉の小袖の胸の辺りが逆袈裟に斬り裂かれた。

ほぼ同時に、桑兵衛の左袖が裂けた。

ふたりは一合した次の瞬間、後ろに跳んだ。一瞬の動きである。体が勝手に反応したといっていい。

秋葉の胸に、血の色があった。桑兵衛の切っ先が、秋葉の肌を斬り裂いたのだ。

一方、桑兵衛は袖を裂かれただけだった。背後で唐十郎が息を呑むのが分かった。桑兵衛は、唐十郎がいざとなれば助太刀する気でいることを察していた。そうならぬ内に秋葉を仕留めなければ、と思った。

秋葉の顔が、驚愕にゆがんだ。かわせるとみていた桑兵衛の斬撃を浴びたからだろう。斬り裂かれた胸の傷口から血が流れ出、胸板を真っ赤に染めている。

桑兵衛は素早い動きで納刀し、居合の抜刀体勢をとると、

「秋葉、勝負あったぞ」

と、声をかけた。

「まだだ！」

秋葉は、ふたたび刀身を後ろに引いて悲笛の剣を放つ構えをとった。

だが、すこし構えが変わった。後ろに引いた刀の切っ先をすこし上げたのだ。そのため、桑兵衛の目に、刀身が細い光の筋のように見えた。

刀の構えだけではなかった。歩幅が狭くなり、腰もすこし高くなっている。

……斬り込みを迅《はや》くするためだ！

と、桑兵衛は察知した。

すかさず、桑兵衛は上体を右にかたむけた。体勢を低くし、首を狙ってくる秋葉の悲笛の剣をかわそうとしたのだ。

先《せん》をとったのは、秋葉だった。悲笛の剣の構えをとったまま、足裏を摺るようにしてすこしずつ間合を狭めてきた。

対する桑兵衛は、動かなかった。居合の抜刀の気配を見せたまま、ふたりの間合と秋葉の斬撃の起こりを読んでいる。

桑兵衛が胸の内で、斬撃の間境まであと半間と読んだとき、ふいに秋葉の寄り身がとまった。

……この遠間から、くるのか！

桑兵衛が、胸の内で声を上げた。

そのとき、秋葉の全身に斬撃の気がはしった。

つつッ、と秋葉は摺り足で間合をつめた。次の瞬間、秋葉は、タアッ！　と鋭い気合を発して、斬り込んできた。

横一文字へ――。

上半身を前に倒しながらの捨て身の斬撃である。

刹那、桑兵衛は身を引きざま抜刀した。霞剣の一瞬の斬撃である。

秋葉の切っ先は、身を引いた桑兵衛の首をかすめて空を切り、桑兵衛の一撃は前に伸びた秋葉の右の前腕を深く斬った。骨まで切断したらしい。

秋葉の体が、前に泳いだ。斬られた秋葉の右腕から、血が筧《かけい》の水のように流れ落ちている。

秋葉は足がとまると反転して、桑兵衛に切っ先をむけようとした。だが、左手だけでは刀を構えることもできない。

そこへ、桑兵衛は正面から踏み込み、

「真っ向両断！」

と、声を上げ、抜き付けの一刀を真っ向へ斬り下ろした。

真っ向両断は、小宮山流居合の初伝八勢の技のひとつで、敵の正面から真っ向に斬り下ろすのだ。基本の技だが、右腕を切断されている秋葉には、一撃必殺の剣になる。

桑兵衛の切っ先が、秋葉の真っ向をとらえた。鈍い骨音がし、斬り割られた頭部から血と脳漿《のうしょう》が飛び散った。

秋葉は、腰から崩れるように転倒した。地面に横たわった秋葉は、四肢をわずかに痙攣《けいれん》させていたが、悲鳴も呻き声も上げなかった。即死である。

桑兵衛は俯《うつぶ》せに倒れた秋葉の脇に立つと、血振《ちぶ》るい（刀身を振って血を切る）をくれて、納刀した。

そこへ、唐十郎と弐平が走り寄った。

「父上、大事ありませんか」

すぐに、唐十郎が訊いた。桑兵衛も返り血を浴びて着物が血に染まっていたので、傷を負ったのではないかと心配したらしい。

「斬られたのは、袖だけだ」

そう言って、桑兵衛は苦笑いを浮かべた。

弐平は唐十郎の脇に立ち、横たわっている秋葉に目をやっていたが、

「狩谷の旦那は、凄《すげ》えや」

と、驚いたような顔をして言った。

このときになって、遠方で見ていた野次馬たちが集ってきた。そして、口々に驚《きよう》嘆《たん》の声を上げ、桑兵衛たちから間を置いて取り囲んだ。凄絶《せいぜつ》な斬り合いを目の当《ま》た《あ》りにして、恐ろしさのあまり近付けなかったのだろう。

「このままにしておくことは、できんな」

桑兵衛が、横たわっている秋葉に目をやって言った。

「美鈴まで運んでやりやすか」

弐平が言った。

「そうだな」

桑兵衛が倒れている秋葉の前に立ち、両肩の下に手を差し入れた。

弐平は秋葉の両足の腿《もも》あたりに両手を差し入れて持ち上げた。桑兵衛と弐平が秋葉の死体を運び、前にたった唐十郎が集った野次馬たちを分けて道をあけた。

桑兵衛たちは、秋葉の死体を美鈴の戸口に横たえると、何も言わずにその場を離れた。後は、店の女将にまかせればいいと思ったのだ。

4

「弥次郎、唐十郎とやってみないか」

桑兵衛が弥次郎に声をかけた。

道場内には、桑兵衛、唐十郎、弥次郎の三人がいた。今日は、雨のせいもあって門弟がひとりも姿を見せなかったので、三人で居合の稽古を始めたのである。

三人は、それぞれ居合の独り稽古をしていたが、小半刻（三十分）ほどして顔から汗が流れ落ちるようになった。

「はい」

唐十郎は、すぐに弥次郎の前に立ち、「一手、御指南を」と声をかけた。指南役の弥次郎をたてたのである。

弥次郎は戸惑うような顔をした。唐十郎といっしょに稽古をするのは珍しくなかったが、唐十郎に指南をしたことはなかったのだ。

「弥次郎、指南といっても、ふたりいっしょに稽古をすると思えばいいのだ」

桑兵衛が苦笑いを浮かべた。

「それならば」

弥次郎はすぐに「若師匠、浪返をやってみますか」と唐十郎に声をかけた。唐十郎が独りで、浪返の稽古をしていたからである。

浪返は、中伝八勢の技のひとつだった。前後ふたりの敵に対して遣う技だ。まず、前にいる敵に対し、踏み込みざまに敵の膝先を払うように斬りつけて動きをとめ、すばやく反転して上段に振りかぶりざま背後の敵を斬る。そうした刀身の動きが、寄せて返す波に似ていることから、浪返の名がつけられたのだ。

「まず、若師匠から。それがしは、背後に立ちます」

そう言って、弥次郎は唐十郎の後ろに立った。

「それなら、おれが前に立つ」

桑兵衛が、すぐに唐十郎の前に立った。

唐十郎は腰に差した刀の柄を握り、左手で鯉口を切ると、

「いきます！」

と声をかけ、すばやい動きで居合の抜刀の間合に入り、鋭い気合とともに抜き付けた。切っ先が、桑兵衛の膝先を払うようにはしった。前にいる敵の動きをとめたのである。次の瞬間、唐十郎は上段に構えて反転し、踏み込みざま背後に立っている弥次

郎の真っ向へ斬り下ろした。むろん、切っ先が弥次郎に触れないように手前で斬り下ろしている。

「いい動きだ」

桑兵衛が褒めた。

「いま、一手！」

唐十郎は、ふたたび桑兵衛と弥次郎を相手に浪返の太刀をふるった。

そのとき、道場の戸口で足音がし、「狩谷どの、おられるか」と声がした。

「滝川どのだ」

桑兵衛が言った。

すぐに、桑兵衛が道場の戸口にむかった。唐十郎と弥次郎が待っていると、桑兵衛が滝川と久保を連れてもどってきた。滝川たちふたりは、羽織袴姿だった。

「稽古でござるか」

滝川が、稽古着姿の唐十郎と弥次郎に目をやって訊いた。

「若師匠と居合の稽古を」

弥次郎が言った。

「秋葉を討ち取ったと耳にしたのでな、様子を訊きにきたのだ。それに、おれたちからも三人の耳に入れておきたいことがある」

滝川が桑兵衛に目をやり、さらに話をつづけた。

「青柳と秋葉の始末はついたようだし、奪った金のうち、青柳たちの手に渡った金がどうなったかも話しておきたい」

滝川によると、青柳と秋葉に渡された金の大半は、青柳の妻女の住む借家の床下に隠されていたという。

「その金は、道場を建て直す金として遣うことになっていたらしいが、秋葉には相応の金が渡されたのではないかな」

滝川は、秋葉に渡った金のことは、はっきりしない、と言い添えた。

「それにしても、武士が盗賊とはな」

桑兵衛が顔をしかめた。

「言い出したのは、秋葉のようだ。……ただ、秋葉は、金を持っていそうな町人を狙って辻斬りをしたらどうかと持ち掛けたらしい。それが、金のありそうな商家を襲って、大金を奪う話になったようだ」

「そんな金で道場を建て直しても、門弟が集まるはずはない」

桑兵衛が、道場を見回して言った。狩谷道場もだいぶ古くなっている。

つづいて口をひらく者がなく、道場内は静寂につつまれたが、

「ところで、青木与左衛門はどうなった」

と、桑兵衛が声をあらためて訊いた。

唐十郎と弥次郎も、滝川に目をやった。ふたりも、青木がどうなったか、気になっていたらしい。

「青木与左衛門は出仕せず、病《やまい》を理由に屋敷内に籠《こも》っている。おそらく、幕閣からの沙汰《さた》を待っているにちがいない。次男の峰次郎の口上書が、御目付の増田さまから幕閣に渡されているので、青木は言い逃れできないはずだ」

滝川によると、当主である青木の切腹だけではすまず、青木家が取り潰《つぶ》されるのではないかという。

「次男とはいえ、峰次郎が盗賊にくわわって奪った金を、青木は己の出世のために遣ったのだからな」

桑兵衛は、厳罰もやむをえないだろうと思った。

「増田さまから、桑兵衛どのたちに言付《ことづ》けがあるのだ」

滝川が声をあらためて言った。

「話してくれ」

「此度の件が始末できたのは、桑兵衛どのたちの御陰だと仰せられ、礼をしたいので、屋敷に来て欲しいとのことだ」

そう言って、滝川が、桑兵衛、唐十郎、弥次郎の三人に目をやった。

「い、いや、おれたちは、この道場を守るためにやったまでのこと……」

桑兵衛はそう言ったが、胸の内には別の思いがあった。

増田の依頼で滝川たちとともに、青柳一門の者たちと闘ってきたが、胸の内では、剣に生きる者が、商家に押し入って金を奪うなどという悪辣《あくらつ》なことに手を染めたのが許せなかったのだ。しかも、その金で道場を建て直すという。

「それに、増田さまは、小宮山流居合の手並を観てみたいと仰せなのだ」

滝川が言った。

「それなら、お伺《うかが》いいたす」

桑兵衛は、傍らにいる唐十郎と弥次郎に目をやった。

ふたりは、無言でうなずいた。御前試合ではなく、日頃道場でやっている居合の稽古を観せればいいのである。

「すぐに、増田さまにお伝えいたす」

そう言い残し、滝川は久保とともに道場を後にした。

桑兵衛たち三人は滝川と久保を見送った後、道場にもどると、

「おれも、稽古をやるかな」

桑兵衛が言って、袴の股立をとった。

道場内に、桑兵衛、唐十郎、弥次郎の三人の鋭い気合と床を踏む音がひびき、刀身がきらめいた。

悲笛の剣　介錯人・父子斬日譚

一〇〇字書評

切・り・取・り・線

購買動機（新聞、雑誌名を記入するか、あるいは○をつけてください）

□（　　　　　　　　）の広告を見て	
□（　　　　　　　　）の書評を見て	
□ 知人のすすめで	□ タイトルに惹かれて
□ カバーが良かったから	□ 内容が面白そうだから
□ 好きな作家だから	□ 好きな分野の本だから

・最近、最も感銘を受けた作品名をお書き下さい

・あなたのお好きな作家名をお書き下さい

・その他、ご要望がありましたらお書き下さい

住所	〒				
氏名		職業		年齢	
Eメール	※携帯には配信できません	新刊情報等のメール配信を 希望する・しない			

この本の感想を、編集部までお寄せいただけたらありがたく存じます。今後の企画の参考にさせていただきます。Eメールでも結構です。

いただいた「一〇〇字書評」は、新聞・雑誌等に紹介させていただくことがあります。その場合はお礼として特製図書カードを差し上げます。

前ページの原稿用紙に書評をお書きの上、切り取り、左記までお送り下さい。宛先の住所は不要です。

なお、ご記入いただいたお名前、ご住所等は、書評紹介の事前了解、謝礼のお届けのためだけに利用し、そのほかの目的のために利用することはありません。

〒一〇一－八七〇一
祥伝社文庫編集長　坂口芳和
電話　〇三（三二六五）二〇八〇

祥伝社ホームページの「ブックレビュー」からも、書き込めます。

http://www.shodensha.co.jp/bookreview/

祥伝社文庫

悲《ひ》笛《ぶえ》の剣《けん》 介錯人《かいしゃくにん》・父子《ふし》斬日譚《ざんじつたん》

平成31年3月20日　初版第1刷発行

著　者　鳥《と》羽《ば》亮《りょう》

発行者　辻　浩明

発行所　祥伝社《しょうでんしゃ》
東京都千代田区神田神保町3-3
〒101-8701
電話　03（3265）2081（販売部）
電話　03（3265）2080（編集部）
電話　03（3265）3622（業務部）
http://www.shodensha.co.jp/

印刷所　萩原印刷
製本所　ナショナル製本
カバーフォーマットデザイン　中原達治

Printed in Japan ©2019, Ryō Toba ISBN978-4-396-34505-1 C0193

祥伝社文庫の好評既刊